호시절
好時節

박하

사랑하는 나의 가족
친구들
그리고
동생 현정이에게

프롤로그

누구에게나 어린 시절이 있다.
그리고 누구에게나 그 시절은 녹록치 않다.
녹록치 않았지만, 잊을 수도 잃어버릴 수도 없는 그 시절.
생애에 걸쳐 품에 안고 살아가야 하는 그 시절.
나의 어린 시절에서 작은 조각을 꺼내어
다섯 개의 이야기를 만들어보았다.
부디 당신에게 그 조각들이 가 닿아
예기치 못한 자리에 들어맞는 기적이 일어나면 좋겠다.
여전히 삶이 녹록치 않은 당신에게
이 책이 한 잔의 자리끼 정도의 위안이 되었으면 좋겠다.

목차

프롤로그 ·· 4

방판 ·· 7

낯 ·· 33

green fields ·· 57

비옥한 무지 ·· 103

담담한 저주 ·· 121

작가의 말 ·· 195

방판

엄마는 늘 분주했다.

뒷모습만 봐도 내 고사리손엔 땀이 나곤 했다. 작은 풀잎에 맺힌 이슬은 햇빛에 금세 마르기라도 하지. 그 땀은 쉽게도 마르지 않았다. 번잡스러운 준비를 마치고 커다란 사각틀 가방을 든 엄마의 손을 잡고, 집을 나서는 길은 아침인지 낮인지 구분할 수 없었다.

엄마는 소위 말하는 '아모레 아줌마'였다. 동네뿐 아니라 근방의 집집마다 돌아다니며 화장품을 파는 게 일이었다. 화장품을 파는 게 일이라 그런지 엄마는 늘 화장을 했다. 옆집의 내 친구 진선이네 엄마나 효령이네 엄마보다도 진한 화장을 하고 회사에서 준 점퍼 속엔 알록달록 무늬가 예쁜 셔츠와 청바지를 입고 다녔다.

어린 내 눈에는 그런 엄마가 세상에서 제일 예뻐 보였다. 나도 크면 엄마처럼 예뻐질 수 있어? 그렇게 물어보면 엄마는 내 볼을 어루만지고 미소 지으며 그럼, 누구 딸인데, 하고 말해주었다. 난 그런 엄마가 좋았고 무척 뿌듯했다.

* * *

원래 난 엄마를 따라다니지 않았다. 도리어 엄마는 내가 자길 붙잡거나 같이 나가려고 하면 혼을 내면서 집에 콕 박혀있으라고 했다. 누가 초인종을 눌러도 절대 나가보지 말고 조용히 있으라고, 테레비나 보고 있으라고 그랬다. 난 테레비를 맘껏 보는 게 좋아서 알겠다고 했다. 그래도 엄마랑 있는 시간이 더 좋아서, 나는 매번 엄마의 옷자락을 붙잡고 엿가락처럼 늘어졌다.

엄마가 일을 나가고, 집에 혼자 남으면 테레비를 틀어놓고 디즈니 만화동산이나 세일러문을 봤다. 하지만 아무리 재밌고 좋아하는 것이라도 매일 같이 보면 지겹기 마련이다. 나는 집안 구석구석을 돌아다니며 다른 할 것이 없나 찾아보고 다녔다. 얼마 전만 해도 엄마는 밖에 나가서 친구들과 맘껏 놀다 들어와도 좋다고 해줬는데, 언제부턴지 나를 절대로 혼자 밖에 못 나가게 했다. 저번에 테레비에서 앵커 아줌마가 돌아가신 할머니처럼 엄한 얼굴로 연쇄 살인 사건이니 뭐니 하는 얘길 했었는데, 아마 그 후부터였던 것 같다. 엄마아빠는 날 보고 매일 그런 소릴 했다. 바깥은 위험하다고. 여자애는 절대로 혼자 돌아다니면 안 된다고.

그럼 어른이 되면 돌아다녀도 괜찮은 걸까? 나는 어서 빨리 어른이 되고 싶었다. 어른이 되면 엄마처럼 화장도 하고, 예쁜 옷을 입고, 다니고 싶은 곳을 맘대로 돌아다닐 수 있는가 보다고 생각했다.

그러다 내 눈에 띈 건 안방 화장대에 놓인 엄마의 립스틱이었다.

몰래 나쁜 짓이라도 한 양 자책이 듦과 함께 재밌겠다는 생각이 들었다. 나는 히죽히죽 웃으며 립스틱 뚜껑을 열어 보았다. 립스틱은 내 조그만 손바닥을 살짝 넘는 크기였다. 매일 문간에서 지켜보던 밖에 나갈 준비를 하던 엄마의 모습대로 따라 해보았다. 길쭉하고 두툼하니 잡고선 자유자재로 매끄럽게 그리기가 어려웠다. 결국 삐뚤삐뚤하게 그려진, 빨개진 입술을 보고는 나는 무척 실망스러웠다. 그렇지만 엄마의 분을 볼에 바르고 눈가에 반짝반짝하는 가루도 발라보고 했더니, 내 모습이 화악 달라 보였다. 다른 사람이 된 것처럼 말이다. 거울 속 내 모습은 정말 엄마처럼 예뻐 보였다! 그제야 나는 활짝 웃어보았다. 테레비에 나오는 미스코리아나 탤런트처럼.

"누가 엄마 물건에 함부로 손대래!"

문을 벌컥 열고 들어온 엄마의 고함에 나는 놀라 뒤로 자빠졌다. 엉덩이가 아파서 엉엉 우는데도 엄마는 날 일으켜주지도 않고 혼을 냈다.

"누가 이런 거 바르래! 어? 엄마가 안방엔 들어오지 말라고 했어 안 했어!"

나는 잘못했어요, 잘못했어요, 하면서 손을 싹싹 빌었다.

한참을 서럽게 울다가, 겨우 울음을 그칠 즈음에야 엄마는 나를 안아주었다. 엄마는 꼭 그랬다. 평소엔 늘 사근사근하고 내가 해달라는 걸 다 해주는데, 아빠랑 싸우고 났을 때처럼 화가 났을 때나, 나를 혼낼 때는 무척 엄했다. 그럴 때 엄마는 세상에서 제일 무서운 존재였다.

"얼굴이 이게 뭐니 글쎄."

엄마는 화장지를 가져와 내 얼굴을 닦아내었다. 동시에 한숨을 푹 쉬었다. 나는 엄마가 한숨을 쉬다는 건 속상해하는 의미라는 걸 알고 있었다. 엄마에게 죄송한 마음이 들었다.

"이런 거 안 해두 고운 얼굴을 왜 이래 놨어 그래. 응?"

나는 입을 삐죽 내민 채 말했다.

"나도 엄마처럼 이뻐지고 싶단 말이야…!"

"뭐어?"

엄마는 푸훗, 웃음을 지었다.

"애기 때는 이런 거 안 해도 다 이뻐. 그러니까 앞으로는 절대루 하면 안 돼. 알겠지?"

"왜? 왜 하면 안 돼? 하면 나쁜 거야?"

엄마는 내 말에 무척 당황해하는 얼굴이었다. 얼마간 고민을 하고도 암 말도 못 하고 입맛만 다셨다.

거봐. 나쁜 거 아니니까 엄마도 사람들한테 팔러 다니는 거잖아. 나는 입을 삐죽 내밀고 치이, 소리를 냈다.

그때 엄마가 뭔가 좋은 생각이 났다는 듯 얼굴이 환해졌다.

"우리 딸, 집에서 맨날 혼자 있으니까 많이 심심해?"

"으응."

"그럼 앞으로 엄마 일하는 데 같이 다닐까?"

"응!! 엄마랑 갈래!"

나는 너무 좋아서 방방 뛰었다. 아래층에 사는 주인 아줌마가 또 시끄럽다고 뭐라 할지도 모른다고 엄마는 날 붙잡았다. 그리고 전처럼 해사한 얼굴로 날 껴안고는 간지럼을 태웠다. 우리의 웃음소리는 넝쿨을 타고 담벼락을 넘어 노을빛 내려앉은 골목길에 퍼졌다.

다음날 부로 나는 엄마 손을 잡고 동네 곳곳을 다녔다. 바깥에 나가서 엄마랑 다니는 것도 너무 좋고, 조금만 조르면 엄마가 못 이기는 척 내가 좋아하는 사탕이나 하드를 사주는 것도 좋았다.

처음엔 엄마를 맞아주는 아줌마들의 얼굴에 의아한 기색뿐이었다.

"웬일이래. 딸내미는 왜 데려왔어? 봐줄 사람 없어서?"

그때마다 엄마는 능청스럽게 웃으며 대꾸했다.

"아니이, 우리 딸이 하도 저랑 같이 있고 싶어 해서 데려왔어요. 양해 좀 해주세요. 애가 얌전해서 제 옆에서 가만히 있을 거니까는."

나는 엄마가 집을 나설 때 시킨 대로 허리를 꾸벅 숙이고 밝게 인사했다. "안녕하세요!" 그러면 어른들은 무조건 예뻐해 줄 거라고 엄마가 그랬다.

"아유, 이쁜 것. 어쩜 이렇게 인사성도 좋아. 목마르지 않니? 뭐 음료수라도 줄까? 오렌지 주스도 있고 쪼꼬우유도 있고."

정말이었다. 나는 엄마가 하는 대로만 하면 다 통한다는 사실을 더욱 믿기로 했다.

엄마는 소파에 앉아 사각틀 가방을 열었다. 그 가방을 열면 칸들이 좌르륵 계단처럼 펼쳐졌다. 나는 그 광경이 무척 멋있다고 생각했다. 그리고 칸마다 화장품 곽과 샘플이 깔끔하게 종류별로 들어있는 것도, 엄마가 하나하나 꺼내서 설명하고 아주머니들에게 직접 써보라며 권유하는 것도, 너무너무 멋있어 보였다. 엄마는 일할 때라 그런지 톡 부러진 말투와 자신감 넘치는 태도로 말했다. 꼭 저녁 뉴스에 나오는 아나운서 같았다.

"희정 엄마. 이게 말야, 요번에 새로 들어온 건데. 에센스라고 알아?"

"에센스? 그게 뭐야? 크림 같은 거야?"

"으응, 크림 비슷한 건 맞는데. 크림보다는 더 부드럽고 촉촉한 거야. 크림 바르기 전에 이거를 얼굴에 전체적으로 바르면 흡수력도 좋아지고 피부 결도 엄청나게 좋아져."

"아이구, 그래? 그럼 나 샘플 하나만 줘봐."

"그래요. 이거 줄 테니까 바로 한번 발라봐. 여기여기."

"나도 좀 줘봐요, 발라보게."

"그래그래. 여기, 샘플."

엄마가 집마다 만나러 다니는 사람들은 죄 비슷비슷해 뵈는 아주머니들이었지만 각각 반응이 달랐다. 어떤 사람들은 엄마에게 무척이나 호의적이어서 엄마가 오면 바로 커피 줄까? 하고 묻고선 한참을 수다를 떨다가 화장품 얘기는 얼마 듣지도 않고 바로 샀다. 또 어떤 사람들은 이 여자가 또 뭘 팔러 왔나, 보기나 해볼까, 하는 뚱한 표정으로 집에 들이고는 엄마의 화려한 말발과 능청스럽고 사근사근한 성격에 넘어가 못 이기는 척 몇 개를 사고 다음에 또 오셔, 인사를 했다.

"이게 밤에 세수하고서는 바르는 거야. 저번에 내가 줬던 마스크팩 있지? 그거는 크림 안 바르고 세수하고 바로 얼굴에 올려놓고 자면 되는 거야. 그러면 밤새 그 팩의 성분들이 얼굴에 흡수돼서 자고 일어나면 피부가 엄청나게 좋아져. 마스크팩은 이삼일에 한 번씩 하면 좋고. 에센스는 매일 바르면 더 좋고."

"안 그래도 요새 환절기잖애. 그래서 그런지 내가 피부가 가뭄 때 논바닥마냥 쩍쩍 갈라지는 거 같고 분이 잘 먹지를 않어."

"아유, 진규 엄마. 그러니까 이런 걸 잘 좀 발라야 돼. 뭐든지 관리를 꾸준히 해야지 좋아지지. 몸에 좋은 걸 먹어야 건강해지는 것처럼, 얼굴에도 좋은 걸 발라줘야 때깔이 고와지지 않겠어? 둘째도 가져야지."

"아이 참! 애 앞서 못 하는 말이 읎어!"

깔깔대고 웃는 아주머니들 속에, 나는 오렌지 주스 컵을 든 채로 가만히 앉아있었다.

"근데 이거, 들어있는 건 좀 괜찮은 거여? 아니 얼마 전에 내가 고향 친구랑 전화하다가 글쎄 그런 얘길 들었잖애. 알로봉인가 뭔가 하는 게 있는데 그게 뭐가 잘못됐는지 바르고 나서 피부가 일어나고 난리가 났대."

"어매, 세상에. 증말로?"

"그렇다니까. 그래서 내가 아니 아무거나 함부로 바르면 안 되겠구나, 큰일이 나겠구나 했다니까."

"그러게. 나도 얘기 들으니까 좀 걱정이네. 요새 뭐든지 막 좋다고 쏟아져 나오는 건 많은데, 뭐가 정말 좋은 건지 우리가 알 수가 있나. 안 그래들?"

입을 모아 얘기하던 아주머니들의 눈은 어느샌가 일제히 엄마에게로 향했다.

그때 엄마는 기다렸다는 듯이 더욱 활짝 미소를 지으며 말했다.

"아이고, 그럼요. 세상에 못된 사람들이 있어가지고 나쁜 걸 좋다고 하면서 속여 팔고 그러는가 봐요. 그치만 우리 꺼는 믿어도 돼. 정말이야. 안 그럼 내가 어떻게 이 동네바닥에 얼굴을 들고 다녀? 응?"

엄마는 새로 가져온 립스틱을 꺼내 들고는 내게 손짓을 했다. 나는 엄마의 옆에 찰싹 붙어 앉고선 엄마를 쳐다보았다. 아주머니들의 시선이 엄마에 이어 내게로 쏠리는 걸 느꼈다.

"자, 제가 우리 딸애한테 발라줘 볼게요."

한 분이 놀라서 물었다. "아니, 립스틱을 애한테 발라도 되는 거래?"

"그럼요. 그 정도로 저희 꺼는 성분이 좋다, 안전하다, 그런 거를 보여드리는 거예요. 안심들 하시라구."

엄마는 내 볼을 쓰다듬고선 턱을 잡고, 립스틱을 발라주었다. 느릿하고 조심스럽게. 어쩐지 나는 가슴이 쿵쾅쿵쾅 뛰었다. 내 생애 처음으로 제대로 화장을 해보는 것이었다.

엄마는 립스틱 뚜껑을 닫고선 입술 선 위로 조금 삐져나온 부분을 새끼손가락으로 문질러 지워주었다. 그리고 이번에는 콤팩트를 꺼내 보여주면서 설명을 했다.

"자, 이것도 요번에 새로 나온 거예요. 리뉴얼이라나 뭐라나. 업그레이드 된 거지. 아무튼 이것도 제가 딸애한테 한 번 발라줘 볼게요. 한번 보세요."

엄마는 상자에서 검은색 콤팩트 케이스를 꺼내서 좌중에 한 번 더 보여주었다. 콤팩트를 손에 끼우고 내 볼에 천천히 톡, 톡, 두드리며 발라주었다. 톡, 톡, 톡… 살결에 닿는 그 부드러운 느낌과 향기가 좋았다. 나는 절로 웃음이 났다.

아주머니들은 당황하고 놀라던 표정에서, 완전히 돌변한 태도로 신기해하고 즐거워했다.

"어머머. 세상에. 딸이 엄마를 닮아서 안 그래도 이쁘다 이쁘다 생각했었는데. 화장을 하니까 애가 엄마를 닮아서 더 이뻐졌네."

"그러게 말야. 어머, 근데 어떻게 딸애한테 이걸 발라줄 생각을 다 했어 그래?"

"아유, 왜, 이제 애가 슬슬 이런 거 호기심 가질 때잖아요."

"하긴 우리 애도 언제 화장대에서 글쎄 내 립스틱을 가져다가 몰래 바르던 거 있지."

"아무튼 제가 장담을 하는 거예요, 여러분. 이렇게 우리 딸애한테 직접 해줄 정도로, 우리 꺼는 안전하고 좋은 거다 이거죠."

그 첫날, 엄마의 장사는 대박을 쳤다. 엄마는 그날 저녁 나를 껴안고 방방 뛰기라도 할 듯이 좋아하셨다. 엄마한테 내가 도움이 된 것 같아서 나도 기분이 무척 좋았다. 엄마는 가는 길에 뭐 먹고 싶은 게 있냐고, 갖고 싶은 게 있냐고 물었다. 뭐든 다 사주겠다고 펑펑 거리는 엄마의 얼굴이 정말로 행복해 보였다. 그래서 나는 도리어 아무것도 필요 없다고 말했다.

"정말로? 갖고 싶은 거 없어? 전에 그 예쁜 캐릭터 가방 갖고 싶다고 그랬잖아."

"아니야, 엄마. 나 그거 없어도 돼. 가방 있잖아."

"그럼 먹고 싶은 건 없어? 떡볶이 사줄까?"

"응, 떡볶이 좋아."

"그래. 우리 떡볶이 사먹자!"

엄마가 행복해 보여서 좋았다. 그게 다였다. 나는 엄마가 행복했으면 좋겠다고 늘 생각했다. 엄마가 매일 아침마다 분주히 집안일을 하고 정오쯤 집을 나섰다가 밤에야 들어오고, 밤에 들어와서도 쉬지 못하고 거실 바닥에 앉아 온갖 종이들과 수첩을 번갈아 보면서 돈 계산을 하고 한숨을 쉬거나 머리를 싸매는 모습을 자주 보아왔었다. 그렇기에 나는 엄마가 행복해하는 걸 보는 게 가장 좋았다. 그러면 다른 건 정말로 아무것도 필요하지 않다고 생각했다. 진심으로. 물론 세상은 아이의 진심에 담긴 깊이와 진가를 알아주지 않지만. 나의 진심만으로는 아무것도 바뀌지 않는다는 것을, 어쩌면 나도 모르게 이미 깨달아 알고 있었지만.

우리의 동행은 그렇게 시작되었다. 나는 방학이 끝나고도, 학교가 끝나면 바로 엄마를 찾아갔다. 엄마는 보통 요일마다 다니는 루트가 정해져 있었다. 나는 엄마의 일하는 모습을 보는 것과 엄마의 일을 돕고 있다는 것에 즐거움을 느꼈다.

집집을 다니면서 조금씩 다른 집의 풍경들을 구경하는 것도 좋았다. 우리 집 근처에는 다들 벽돌집이나 연립주택으로 비슷비슷하게 생겼으면서도 마당에 예쁜 꽃이 담긴 화분을 놓거나 조그맣게 고추나 파, 토마토를 키우는 밭을 두거나 여름철 마당에서 수박 먹기에 딱 좋은 평상을 두는 등 저마다 개성이 있었다. 좀 더 나가면 빌라가 있는데 어쩜 이름들이 다 예뻐서, 나도 빌라에 살고 싶다고 생각했다. 해성빌라. 은별빌라. 연두빌라. 빌라는 마당이나 밭이 있는 대신 집이 모여 있으니까 친구들이 서로 이름만 부르면 바로 나와서 놀기 좋아 보였다. 나는 간혹 친구네 집에 엄마랑 가면 쑥스러웠는데, 엄마는 그런 걸 전혀 개의치 않는지 늘 당당하고 활기찬 모습으로 화장품 설명을 했다. 엄마는 누굴 처음 만나도 금방 친해지는 놀라운 친화력을 가진 사람이었다. 내게는 없는 보물 같은 능력이었다. 그래서 내게는 엄마가 더 멋져 보였다. 나는 엄마를 보면서 얼른 어른이 되고 싶다고 바랐다.

* * *

가끔은 조금 더 멀리 나갈 때도 있었다. 학교와 읍사무소를 지나서 아파트가 있는 방면이었다. 나는 아파트 얘기는 종종 들어봤지만 엄마를 따라가서 직접 본 것이 처음이었다. 이름도 무슨 어려운 발음이어서 잘 외우지도 못했다. 나중에야 제대로 불러볼 수 있었다. 로망띠끄. 아직도 나는 그 아파트의 이름이 왜 그렇게 지어졌는지 무슨 뜻인지 모르지만, 아파트에 갈 때마다 조금 주눅 들곤 하던 기억은 선명하다.

아파트 사이사이에 놀이터가 있고 주차장에는 멋진 차들이 있고 정문 앞 슈퍼도 우리 동네 슈퍼보다 훨씬 크고 깨끗하고 좋아 보였다. 진선이의 친구의 친구가 그 아파트에 산다고 들었는데, 어쩐지 항상 새것 같고 예쁜 옷을 입고 다니더라 싶었다.

나는 아파트에 가면 괜히 의기소침해지고 혹시 누가 날 볼까 싶어 고개를 숙이고 다니고 그랬다. 다른 데서는, 동네에서는 좋아라하고 다녔으면서 대체 왜 그랬는지 나 스스로도 이해가 안 됐다. 하지만 엄마는, 동네 옆집을 가든 빌라를 가든 아파트를 가든, 똑같은 모습이었다. 자신의 일에 부끄럼 없고 당당한 사람의 태도였다.

다시는 아파트에 가지 않겠다고 다짐했던 적이 있다. 그날은 그 아파트 단지에서 가장 안쪽의, 가장 높은 층에 있는 아파트에 들렀다. 엄마는 평소처럼 사근사근한 미소를 장착하고 초인종을 눌렀고, 나는 엄마의 손을 꼭 붙잡고서도 어쩐지 긴장한 채였다. 그곳의 공기는 우리 동네보다 서늘하고 건조한 느낌이었다.

나는 조금만 언덕을 올라도 땀이 나고 옆집의 소음이 죄다 들리는 우리 동네로, 지겹도록 익숙하고 편안한 세계로, 얼른 돌아가고 싶다고 생각했었다. 엄마는 어떻게든 화장품을 많이 팔기 위해서는 시간이 얼마나 걸려도 상관없다는 태도였지만.

문 너머로 "누구세요?" 하는 까랑까랑한 목소리가 들렸다.

엄마는 상냥한 목소리로 "안녕하세요. 아모레 화장품인데요. 제품 다양하게 많이 있어요. 잠깐이면 되거든요. 구경도 하시고 샘플도 받아보세요." 라고 했다.

보통 그런 곳에선 대답이 두 가지로 나뉘었다. "됐어요." 아니면 "전 국산 꺼 안 써요."

한데 웬일인지 그 집 문은 다른 곳보다 일찍 열렸다.

문이 열리자마자 보인 사람은, 웬 집에서도 우아하게 원피스를 입고 있는 여자였다. 아줌마와 여자는 다르다고 하던 동네 아저씨들 우스갯소리가 그제야 조금 이해가 갔다. 정말 우습게도 말이었다.

"일단 들어오세요."

아무래도 여자는 거절하려고 해도 얼굴을 보고 해야겠다

싶어 문을 열었다가, 엄마 손을 꼭 잡고 서 있는 나를 보고선 그렇게 태도가 변한 듯했다.

"원래는 아무나 집에 잘 안 들여요 제가. 요즘 뭐 교회 다니라느니 신문을 보라느니, 남의 집 초인종을 울려대는 사람들이 너무 많아서 짜증이 날 정도라니까요."

"아이고, 그러셨군요." 엄마는 그제야 머쓱한 얼굴로 어색한 미소를 지었다.

"그치만 저도 애가 있는데, 같은 엄마 처지에 어떻게 문전박대를 하겠어요. 그나저나 어떻게 애를 데리고 일을 다니세요? 참 대단하셔요."

"집에 혼자 두면 심심해하기도 하고, 제가 걱정이 되기도 하고 그래서요."

여자는 질문을 해놓고는 대답엔 별 관심 없었다는 양 무심한 표정이었다.

"그러시구나. 이리 좀 앉으세요. 화장품은 별로 생각 없지만, 날도 더운데 시원한 보리차라도 한 잔 드릴게, 자시고 가셔요."

"아이고, 이걸 감사해서 어쩌죠."

엄마는 그렇게 말하며 눈치를 보면서도 얼른 소파에 앉아서 가방을 그 앞의 널찍한 상에 올려두었다. 딱 영업 준비를 하는 자세였다. 나는 그때 처음으로, 엄마가 조금 부끄럽다고 생각했다. 그런 생각이 든 내가 너무 미웠고, 엄마에게 미안했다.

여자는 쟁반에 시원한 보리차 한 잔과 바나나우유를 가져왔다. 그는 바나나우유를 내게 주면서는 포근한 미소를 지었지만, 숨을 돌리기도 전에 바로 가방을 열어두고 있는 엄마를 보고서는 난감해하는 표정을 지었다.

"저는 화장품 쓰는 게 따로 있어요. 그냥 더위나 식히고 가시면 좋겠어요."

누가 들어도 완곡하게, 최대한 예의를 차려 거절하는 투였다. 그럼에도 엄마는 불굴의 의지, 자주 입에 올리던 표현대로 써-비스우먼 정신으로 잔뜩 무장한 채 쉽게 물러서지 않겠다는 양 몸을 앞으로 내밀고 화장품 곽을 하나씩 손에 들어 보였다.

"에이, 그래도 한 번만 좀 들어나 보세요. 집에 들어오게 해주신 것만도 너무 감사하고, 또 이왕 이렇게 온 김에 제가 사례해 드린다는 셈 치고 샘플도 왕창 드릴게요. 아유, 어쩜 피부가 타고나셨나 봐요. 어쩜 그렇게 애기처럼 뽀송뽀송하고 매끈하셔. 평소에 관리를 어떻게 하세요? 저도 귀동냥 좀 듣고 가야겠어요. 겸사겸사 같이 얘기 좀 나누시고 하시죠."

역시 엄마의 말발은 누구도 이길 자가 없이 유려하고 대담했다.

여자는 그에 못 이기겠다는 양 조금 체념한 얼굴로 시선을 들어 엄마가 활짝 열어놓은 사각틀 가방을 보았다.

"에센스, 마스카라, 아이섀도에 립스틱까지…… 아주 종류별로 다양하게도 파시네요."

"예에. 아무래도 피부 관리는 기초부터 그 화장까지 다 세트로다가 같이 해야지 좋잖아요. 그런 의미로 제가 이렇게 없는 거 없이 가지고 다닌답니다. 한번 보실래요? 이 립스틱이 요새 새로 나온 제품인데, 한 번 발라 보세요. 색이 아주 예뻐요. 고운 장밋빛이에요."

여자는 이어지는 엄마의 과장된 설명과 그를 향한 칭찬에

난색을 지으며 손을 내저었다.

"어휴, 못 말려. 저는 정말 괜찮아요. 쓰던 게 있다니까요. 그리고 전 평소에 립스틱 같은 건 잘 안 발라요."

"아니 왜요? 다른 건 몰라도 립스틱만 발라도 얼굴이 화악 살아나는데. 특히 사장님처럼 피부가 좋으신 분은 더욱이…."

여자는 한숨과 함께 다소 무기력해진 투로 말했다.

"그냥… 별로 좋아하질 않아요. 왠지, 그 립스틱 바르고서 커피나 차 같은 거 마시면 컵에 입술 자국이 남잖아요. 저는 왠지 그게 싫더라고요. 그래서 잘 안 바르게 됐어요. 것도 그렇구, 어디서 들었는데 성분도 그렇게 좋질 않다 그러구…."

"어머, 아니에요! 다른 데 꺼는 몰라도 저희 꺼는 얼마나 성분이 좋은데요. 무슨, 그 뭐야, 아로마 추출물, 그런 것도 들어있고 정말 좋아요. 저도 매일 바르고 다니는데, 한 번도 꺼칠꺼칠해지거나 부어오르거나 한 적이 없어요. 저는 제가 쓸 수 있는 거 아니면 절대 안 팔아요. 그게 원칙이야. 그리고…… 저희 께 얼마나 좋으냐면은, 제가 제 딸아이한테도 발라줄 수 있을 정도예요."

엄마는 바로 내 얼굴을 손으로 잡고 립스틱을 발랐다.

그 순간 나는 전처럼 마냥 기쁘지도, 즐겁지도 않았다. 맞은편의 여자가 경악하는 얼굴로 우리를 쳐다보았기 때문일까.

"세상에…! 지금 뭐하시는 거예요 아주머니? 아니 아무리 돈이 궁하고 물건을 팔고 싶어도 그렇지, 어떻게 애한테 그런 걸 바르세요 글쎄!"

여자는 큰 상을 돌아 내 앞에 서서는 고운 손으로 화장지를 뽑아 입술을 문질러댔다. 나는 어쩔 줄 몰라 하는 얼굴로 엄마를 쳐다봤다가 여자를 보았다. 그의 티나 점 하나 없이 고운 손과 네 번째 손가락에 껴있는 금반지와 그에게서 풍기는 로션과 향수 냄새, 그리고 내 무릎과 종아리에 닿는 그 원피스의 레이스 자수와 부드러운 촉감…. 어쩐지 나는 그 이후로 계속해 그 여자와 엄마를 비교하게 될 것만 같다는 두려움 짙은 예감이 생겼다.

엄마는 죄송합니다, 죄송합니다, 앵무새처럼 그 말만 반복하고 얼른 가방을 챙기고 내 손을 잡고 그 집을 빠져나왔다.

엘리베이터를 타자마자, 나는 꾹 참고 있던 울음을 빵 하고 터뜨려버렸다. 내가 왜 우는지 나도 영문을 몰랐다. 그냥, 더는 참을 수가 없어서 흘러나왔다. 물속에서 오래 숨을 참는 게 어려운 것처럼 말이었다.

엉엉 우는 날 보고 엄마는 왜인지 화를 냈다.

"뚝 그쳐. 뚝! 왜 울어, 왜…. 뭘 잘했다고 울어 왜!"

그날 우리는 그 아파트 단지에서 바로 집으로 갔다. 평소보다 이르게 집에 돌아온 것이었다. 집에 걸어오는 동안 엄마는 한마디 말도 없었다. 나는 겨우 울음을 그치고 나선 계속 엄마를 올려다보았다. 눈치를 봐서 엄마한테 잘못했다고, 엄마 화가 풀리게 뭐라도 해야겠단 생각은 드는데, 엄마의 넋을 놓아버린 얼굴이 도저히 말을 걸 수 없게 만들었다. 그 얼굴은 그때의 내가 다 이해할 수도 포용할 수도 없던, 어렵고 복잡한 감정이 서려 있었다. 그 얼굴에는 어떤 상실과 불안과 부조화, 날이 바뀌고 해가 바뀌어도 쉽게 가시질 않는, 엄마와 비슷한 사람들에게서 자주 보이는 것들이 섞여있었다.

나는 잠자리에 들면서 앞으로는 엄마를 따라 나가지 말아야겠다고 다짐했다. 아무래도 더 이상 나는 엄마한테 도움은

커녕 짐만 되는 것 같다고, 그래서 오늘 엄마가 화를 냈던가 보다고 생각했다. 그런 생각을 하다가 아빠가 집에 들어오는 소리에 얼른 이불로 온몸을 덮고, 숨죽인 채 훌쩍이다 잠이 들었다.

* * *

그날 밤의 다짐 비슷한 생각이 무색하게도, 그 후로 나는 아무리 엄마를 따라가고 싶어도 갈 수가 없게 되었다.
"여자애 얼굴이 이게 뭐야. 당신 대체 애한테 무슨 짓을 한 거야?!"
아빠의 고함과 손가락은 엄마를 가리키고 있었지만, 동시에 나를 향한 비난과도 같이 느껴졌다. 나는 어쩔 줄 몰라 숨죽인 채 몸뚱일 웅크리고 있었다.
며칠 전부터 나는 얼굴이 이상해졌다. 이상하다는 것은 그 당시 내가 생각할 수 있는 표현 중에 가장 부정적인 표현이었다. 처음엔 뭘 잘못 먹어서 그런 줄만 알았다. 볼에 울긋불긋 무언가 벌겋게 올라오는 게 처음에는 어른들이 말하는 옻이 오른 건가 싶었다. 하지만 그 증세는 점점 더 심각해졌다. 볼에 손을 살짝 가져다 대기만 해도 아리고 고름이 나고 오돌토돌한 것들이 좁쌀같이 촘촘히 올라오는 것이었다. 참다 참다 못해 겨우 병원에 가서 진찰을 받고, 울다 지쳐 잠에서 깨어났을 때 엄마와 함께 들은 진단은 바로 '알러지'였다. 정확히는 모르겠지만 화장품에 자주 쓰이는 성분 중에 알러지 반응을 일으키는 것이 있는 모양이라고 했다.

그렇게 아빠는 그동안 내가 엄마를 따라다녔다는 것도, 엄마가 내게 매일 같이 화장을 해주었다는 것도, 그걸 동네 여기저기서 하고 다녔다는 것도 다 알게 되었다.

하지만 나는 대체 아빠가 왜 그렇게까지 화를 내는지 이해할 수 없었다. 내 얼굴이야 화장품만 안 바르면, 립스틱 같은 것만 안 바르면 괜찮은 거 아닌가?

"내가 당신 밖에 싸돌아다니는 거, 뭐 화장품 팔고 다니면서 얼굴 팔고 다니는 건 뭐라 안 하려고 했어. 근데 이게 뭐야? 왜 애한테 그딴 싸구려를 발라 가지고 애 얼굴을 저렇게 망쳐놔!"

나는 아빠가 날 걱정하는 말을 하고 있었지만 어쩐지 진심으로 나를 걱정해주고 있는 것처럼 느껴지진 않았다. 정말 걱정스럽다면 나를 안아주고 달래주면 좋을 텐데.

아빠의 생각은 다른 모양이었다. 그리고 엄마의 생각도 비슷한 모양이었다. 단지 두 사람 각자의 반응과 태도가 다를 뿐. 엄마는 늘 밖에 일을 다닐 때마다 당당하고 자신 있던 모습은 어디 가고, 아빠 앞에선 잔뜩 주눅 들고 위축된 자세를 하고 있었다. 엄마에게 혼나는 내 모습을 보는 것 같았다. 아니, 그보다 더 심한 것 같았다. 아빠는 두 손을 허리에 짚고 벌개진 얼굴로 쩌렁쩌렁 큰 소릴 치고 있는데, 엄마는 무릎까지 꿇고 한숨을 푹푹 쉬고 있었다.

"내가 정말 잘못했어. 그래, 내가 정말 미쳤지. 애를 데리고 그런 걸 바르게 해서……"

"그러니까 내가 진작에 그런 것 좀 하지 말라 그랬잖아! 이게 뭐야, 동네 망신도 아주 개망신이야. 아주 사람을 얼굴도 못 들고 다니게 망신을 시켜 놨잖아! 차라리 얘만 이랬으면 좀 낫지…. 얘만 그런 게 아니라 저기 종수네 엄마도 그렇고, 영광슈퍼 아줌마도 그렇고, 다들 얼굴에 뭐가 났다고 난리들이야 아주! 그거 다 어떡할 거야? 당신이 다 책임질 거야? 어! 내가 그러게 쓸데없이 밖에 다니는 일 하지 말라 그랬잖아!"

아빠는 역정을 내다 머리가 지끈거리는지 이마를 짚으며 한숨을 무겁게 쉬었다. 땅이 꺼질 듯 내려앉은 아빠의 숨이 보이지 않는 단단한 무언가로 엄마와 나를 칭칭 동여매는 것 같았다.

"어휴, 이래서 마누라 바깥에 내보내면 안 된다고들 하는 건데. 여자가 밖에 싸돌아다니면 일만 생기지, 뭐 좋은 게 하나 없어. 내가 정말 남부끄러워서 정말 앞으로 이 동네에서 어떻게 살아……"

나는 고개를 숙인 채 엄마를 보았다. 그리고 무릎 위로 꽉 쥔 주먹이, 부들부들 떨리는 것을 보았다.

"…책임질게. 그래. 책임지면 될 거 아니야!"

엄마는 벌떡 일어나서 소릴 질렀다. 나는 엄마의 그런 모습은 처음 보았다.

아빠도 그런 엄마의 태도에 당황했는지 잠깐 멈칫했다가, 금방 도로 언성을 높였다.

"이게 어디서 적반하장이야! 어딜 남편한테 눈을 부릅뜨고 소릴 빽빽 질러?"

"뭐? 지금 소릴 빽빽 질러대고 있던 게 누군데? 알았어. 내가 책임진다고. 다 책임질 거야. 그럼 되는 거 아냐! 왜 나한테 계속 뭐라고 그래!"

"뭐야? 너 말 다 했어?"

"아니! 말 다 안 했다, 어쩔래! 내가 왜 밖에를 다니는데, 내가 왜 그 짓거릴 하고 다니는데! 그거라도 해야 돈을 벌 거 아냐! 네가 벌어오는 쥐꼬리 같은 월급 가지고 우리 집 생활비가 다 된다고 생각했니? 네가 뭘 알기는 해!!"

"야!! 이 여편네가 미쳤나!"

짜악— 하는 소리와 함께 엄마의 몸뚱이가 바닥에 쓰러졌다. 나는 깜짝 놀라서 몇 초간 얼이 빠져 있다가, 엄마를 부르며 다가갔다. 절로 울음이 터져 나왔다.

"엄마! 엄마아…!"

아빠는 여전히 씩씩대고, 나는 안즉 얼굴에 울긋불긋한 게 다 가라앉지 않은 얼굴로 목이 터져라 울어 대고, 엄마는 바닥에 엎드린 채로 훌쩍훌쩍 울었다. 정말 다른 누가 봤으면 육이오 때 난리는 난리도 아니라고 할 법한 난장판이었다.

엄마가 고개를 들자 입 꼬리에 맺힌 피와 부은 볼이 보였다. 나는 마음이 찢어질 듯 아프다는 걸 그때 처음 느꼈다.

하지만 엄마는 하나도 아프지 않은 것처럼, 담담히 입술을 뗐다.

"자기야…. 나 돈 조금이라도 벌겠다고 그거 하는 거 아니야. 나라고 화장품 몇 개 팔려고 온 동네를 뼈 빠지게 돌아다니고 싶겠어? 응? 나도 일하고 싶어…… 나도 돈 벌고 싶다고."

엄마의 다 죽어가는 듯한 목소리에 겨우 화를 내리누른 아빠가 언짢은 듯 대꾸했다.

"그럼 벌어. 공장엘 가든 어딜 취직을 하든 하란 말야. 그런 싸구려 화장품 같은 건 그만 팔고."

"내가 어떻게! 애를 두고 어떻게 직장을 다녀!!"

"그러니까 애 다 크면 다니라고 했잖아. 그동안은 애 좀 보면서 집에서 좀 쉬라고, 내가 몇 번을 말했어!"

"글쎄 그게 싫다고 나는!!"

아빠가 한 번 더 손을 들었다. 나는 눈을 질끈 감았다.

그런데 이번에는 아무 소리도 나지 않았다.

나는 겨우 눈을 떴다. 눈물 맺힌 눈가가 파르르 떨리는 채로. 그리고 아빠의 팔을 손으로 잡고 막아선 엄마를 보았다.

"나도 직장 다녔어. 당신 힘든 거 알아. 너무 잘 알아. 당신 매일 같이 야근하고, 어떻게든 살아남으려고 아등바등하는 거 나도 안다고. 다들 그렇게 사는 거 알아. 근데…… 나도 직장 다녔어. 그래서 아는 거야. 나 당신 만날 때 진성 다니고 있었잖아. 거기서 내가 얼마나…… 얼마나 인정 받으면서 열심히 했는데. 그때 얼마나 살맛 난다고…… 정말 살맛 난다고 그랬는데……

당신 그땐 그랬지. 결혼하고서도 계속 회사 다니라고. 근데 결국은 안 됐잖아. 결혼하니까 야근은 못 하겠네 다들 뭐라 하지…, 임신하니까 바로 회사에선 나가라고 눈치 주지…. 결국은 칠 개월 됐을 때 당신이 뭐라 그랬어? 그만두고 편히 쉬라고, 애 낳고선 다른 데 취직하라고. 근데 그게 돼? 나는…… 나는 언제까지 집에만 있어야 돼? 나는 집에서 놀기만 하는 줄 알아? 나도 일해. 돈만 못 번다 뿐이지 여기저기 죄다 일투성이라고!"

엄마의 흐느낌과 하소연, 이어서 터지는 울분은 그칠 줄을 몰랐다. 그런데도 아빠는 더는 대꾸할 가치도 없다는 양 이놈의 집구석 하고 짜증을 냈다.

아빠가 집 문을 쾅 닫고 나가버린 뒤에도, 옆에서 계속 울던 내가 엄마 잘못했어요, 잘못했어요, 아무리 말해도 엄마는 듣지 못하는지 자기 얘기만 주절주절 늘어놓기만 했다. 나는 엄마가 말이 많은 사람인지는 알고 있었다. 말을 잘하는 사람이니까. 하지만 그렇게 속에 담아두고 있던 얘기가 많은지는, 그렇게 울음이 넘치도록 많았는지는 처음 알았다.

그날 나는 안방 침대에서 잤다. 벽으로 돌아누운 엄마의 뒤로, 죽은 듯이 아무 소리도 내지 않고 미동도 없이 잠든 엄마의 옆에 누워서. 오늘 대체 무슨 일이 벌어진 건지 가늠하기도 어렵고 마음이 심란해서 잠이 오질 않았다. 잠이 오질 않는다고 투정을 부리면 엄마는 금방 날 안아주고 책을 읽어주거나 할머니나 엄마 어릴 적 얘기를 해주곤 했었는데. 엄마가 먼저 잠들어버려서 나는 엄마한테 투정을 부릴 수도, 나를 안아달라고도 재워달라고도 할 수가 없었다.

그래서 그냥 엄마의 등에 몸을 꼭 붙이고 엄마의 냄새를 맡으면서 눈을 꼬옥 감고 있었다. 엄마가 날 안아주지 않아도, 엄마의 몸에서 나는 고소하고 부드러운 냄새만 맡으면 엄마가 날 안아주는 기분이 들었다. 그렇게만 있어도 금방 잠이 들 수 있을 것 같았다. 꿈에서는 부디 재밌는 일, 신나는 일이 일어났으면 하고 바랐다.

* * *

얼마 뒤, 우리 집은 이사를 갔다. 차로 두 시간쯤 달려서 도착한 곳은 도시라고도 시골이라고도 부르기 애매한 동네에 위치한 빌라였다. 트럭에서 내리자마자 엄마아빠는 정신없이 짐을 날랐다. 나는 어디든 있으면 걸리적거린다고, 눈에 보이는 데만 있으라고 해서 베란다 쪽으로 보이는 주차장 끝의 벤치에 앉아있었다.

그때 어떤 애가 다가오며 말을 걸었다.

"너 몇 살이야?"

모형 로봇을 들고 코를 훌쩍거리면서 날 동그란 눈으로 쳐다보는 짱구머리 아이는, 둘리가 그려진 검은색 낡은 티셔츠를 입고 있었다. 아마도 자매형제한테 물려 입은 걸 테지. 진선이도 맨날 언니들 옷을 물려 입는다고, 자기도 새 옷을 입고 싶은데 엄마가 안 사준다고 그랬었는데.

진선이는 꼭 심심할 때마다 자기한테 전화하라고, 자기한테 답장을 보내라며 편지를 써주었지만, 나는 이미 그 애와 멀어졌다는 걸 직감하고 있었다. 동네도, 학교도, 다른 곳을 다니게 되면 어쩔 수 없이 멀어지는 법이다. 어린 나이임에도 나는 그 명료하고 불가피한 법칙을 알고 있었다.

"일곱 살. 너는?"

"어! 나도 일곱 살인데."

나는 내 옆자리를 손으로 톡톡 두드렸다. 그 애가 옆에 앉으며 로봇을 품에 안았다. 가장 좋아하는 로봇인가 보았다. 아마 잠들 때도, 밥 먹을 때도 손에 들고 있겠지.

"너 여기 살아?"

"응."

"나돈데. 나도 오늘부터 여기 살아."

"그래? 그럼 너 유치원은 어디야?"

"몰라."

그 애는 내 쪽으로 몸을 돌려 앉았다. 가까이 보니 까무잡

잡한 얼굴에 주근깨가 있었다. 엄마가 일할 때 자주 듣던 얘기가 떠올랐다. 이걸 바르면 주근깨도 기미도 다 싹 없어진 것처럼 감쪽같이 지워줘요.

"우리 앞으로 같이 놀자."

"어디서?"

그 애는 빌라 단지 울타리와 육교 너머로 보이는 아파트 단지를 가리키며 말했다.

"저기에 놀이터 두 군데나 있다! 난 맨날 애들이랑 절로만 가서 놀아."

"그래. 담엔 나도 같이 가."

그때 막 현관을 나오던 엄마의 시선이 주변을 배회하다 내게 닿아왔다. 나는 일어나서 반갑게 손을 휘저었다. 엄마는 그제야 안심한 듯, 멋쩍고도 은은한 미소를 지으며 내게 손을 흔들어 보였다.

이사를 와서도 엄마는 방판 일을 계속했다. '아모레 아줌마'에서 '코리아나 아줌마', '백화당 아줌마'로 이름만 몇 번 바뀌었을 뿐.

그리고 나는 더는 엄마가 밖에서 뭘 하는지 궁금해하지 않았다. 아빠가 밖에서 뭘 하는지 궁금해하지 않는 것처럼 말이었다.

대신에 나는 같은 빌라에 사는 애들과 더 많이 놀았다.

아파트 단지에 사는 애들과도 매일 놀이터에서 마주치면서 부쩍 친해졌다. 그 애들은 다들 학원이 끝나고서야 놀이터에 왔다. 언젠가는 나도 학원을 다닐까? 내게 처음 다가왔던 친구인, 짱구머리에 주근깨를 가진 호진이는 무슨 학습지를 한다고 그랬다. 학습지가 뭐냐고 물으니, 집에 선생님이 와서 공부를 가르쳐주는 거라고 했다. 학교랑 다른 건 일대일로 수업을 하는 거라고.

나는 어쩌면 엄마가 하는 일과 비슷한 일일지도 모르겠네 생각했다. 호진이네 학습지 선생님도 우리 엄마와 닮은 사람일까. 호진이 말로는 학습지 선생님은 자기가 숙제를 안 해도 혼내지 않고 늘 상냥해서 좋다고 했다.

우리 엄마라면 안 그럴 텐데. 숙제를 조금이라도 빼먹으면, 일기를 하루라도 안 쓰면 날 혼내는데. 아마 엄마는 학습지 선생님이 됐어도 잘했을 거라는 생각이 들었다. 우리 엄마는 작은 일이든 큰 일이든 빠릿빠릿하고 착실하게 해내는 사람이니까. 아니, 우리 엄마는 어떤 일을 해도 잘할 거라는 생각이 들었다. 단지, 엄마의 말대로 세상에는 엄마 같은 사람들이 할 수 있는 일이 많지 않다는 것뿐이지.

만일 엄마가, 엄마 같은 사람들이 할 수 있는 일이 더 많다면 분명 남들보다 더 잘할지도 모른다. 나는 진심으로 그렇게 믿었다. 그리고 생각했다. 나는 커서 엄마 같은 사람이 돼야지. 뭐든 잘할 수 있는 사람이 되어야지.

그렇게 생각은 하지만, 사실 자신은 없었다. 그럼에도 그런 생각을 한 번쯤 품었다는 것만으로 나를 좀더 기꺼이 여겨주고 싶었다.

그 봄과 여름 사이, 어딘가의 나, 그리고 우리는 아직 다 자라지 않은 새싹이었고 세상이 내리는 세찬 비를 맞을수록 더 불어날 일만 남은 강물이었다. 흐르고 흐르다 보면 다른 줄기와 만날 수도 있을 터였다. 그러니 우리는, 무엇이든 하려면 할 수 있는 우리는, 결코 미약하지도 미련하지도 않을 터였다.

낯

여름 끝자락에 이사를 갔다.

 벌써 이사만 네 번째였던 나는 이제 별 감흥도 없을 법했다. 여름방학 때 이사를 갈 거란 엄마의 얘기에 또? 하고 되물었지만 잠자코 신문을 보며 뻥튀기만 집어 먹고 있는 아빠를 쳐다보고는 고개를 대충 주억거렸다. 우리 집은 엄마의 말대로만 움직였다. 엄마의 말이 늘 정답이고 엄마의 손이 가리키는 곳이 우리가 갈 길이었다. 나는 아직 세상을 다 알지 못하는 나이에도 일찌감치 그것을 온몸으로 체득하고 이해하고 있었다.

 태어난 집은 할머니 댁이 있는 온산, 할머니와 두 이모와 막내 삼촌이 함께 살던 곳이었다. 너무 어릴 적이라 기억이 많진 않지만, 그 집의 분위기만은 내게 선명히 남아있다. 머릿수만큼 부산스럽게 북적이는 말들과 빈틈없이 모여 있는 물건들과 각자의 기억과 고단한 일상이 자아내는 특유의 냄새와 숨결. 처음 이사 간 곳은 두 시간 거리로 떨어진 경운시의 한 빌라, 그 동네에서 나는 유치원을 다녔고 처음 친구라고 부를 만한 친구인, 이사 가던 날 난생처음 받은 편지를 써주었던 희락이를 사귀었다. 그 다음은 도의 경계선을 넘어 갈천군으로 갔다. 할머니 댁보단 아니지만 꽤 오래된 연립주택의 이층이었다. 일층엔 집주인 가족이 살았는데 고등학생 언니와 중학생 언니가 있었다. 가끔 그 언니들이 나와 놀아주고 근처 슈퍼나 놀이터에 자주 데려가주곤 했었다. 나는 왜 외동일까, 나한테도 언니가 있으면 좋겠다고 생각하다, 퇴근하고 온 엄마를 붙들고 동생을 낳아달라고 떼를 쓴 적도 있었다. 엄마는 노곤함이 짙은 얼굴로 너 하나 키우기도 바쁜데 무슨 동생이냐고 일축했지만, 나는 속상해하지 않았다. 아랫집 언니들이랑 놀면 되니까. 아빠가 공부해야 되는 언니들 귀찮게 말라고 잔소리했지만 몰래 아랫집에 놀러 가서 만화책도 보고 테레비도 보면 되니까. 여기서 오래오래 살면 좋겠다고 생각했다. 하지만 얼마 가지 않아, 나는 처음으로 이사 가기 싫다고 떼쓰며 트럭에 실려 갔더랬다. 희고 굵은 눈발이 하염없이 흩날리던 날, 내 눈물도 그렇게 마르지 않고 닭똥같이 후두둑 떨어지던 겨울이었다.

 그렇게 떠나온 곳이 지금 사는 화연군의 문화맨션이었다. 이곳에서 산지도 일 년이 되어가고, 나는 이제야 다니는 학교에도 동네에도 완전히 적응하고 편안함과 익숙함을 느끼고 있던 참이었다. 하지만 또 이사를 간다고 생각하니, 괜히 한숨이 나왔다. 내가 해야 할 일은 딱히 없지만 귀찮다는 생각이 들었다. 그런 소릴 하면 엄마는 버럭 화를 내겠지만. 준비하고 짐 싸고 하는 건 다 저인데, 너는 몸만 가면 되는데 왜 불만이냐면서.

그래, 나도 안다. 하지만 가끔은 문득 그런 생각이 들곤 했다. 나는 엄마아빠가 가라는 곳만 가야 하고, 엄마아빠가 하라는 것만 해야 하는 걸까.

그때의 내게는 당최 답이 없고, 조금 많이 이르기도 했지만, 그것은 늘 내 주위를 맴돌고 있던 의문이었다.

* * *

드디어 아파트에 간다는 엄마의 기대감을 부추기는 말에도 별생각이 없던 나는, 거의 다 왔다는 이삿짐센터 기사의 말에 고개를 들어서야 대로 건너편에 보이는 아파트 단지를 보았다.

"저기가 우리 집이야?"

엄마는 그제야 자신의 속뜻을 이해했냐는 듯이 기뻐하는 표정으로 대답했다.

"그래! 엄마가 뭐랬어. 우리 이제부터 아파트 산다고 그랬지."

아파트가 가까워질수록, 그 하얀 건물들이 모여 있는 단지에 가까워질수록 나는 기분이 얼떨떨했다. 트럭에서 내리자마자 나는 손을 들어 검지로 층수를 세어 보았다. 하나, 둘, 셋…… 똑같은 모양의 창문들이 좌르륵 있어서 세기 어렵고 헷갈렸지만, 금방 입이 저절로 벌어졌다. 무려 17층이었다! 나는 크레인 아래서 물건을 싣는 인부들에게 뭐라 뭐라 소리치고 있는 엄마한테로 가서 물었다.

"엄마, 우리 집은 몇 층이야?"

"15층. 우리 집은 여기 1503호야. 1503호. 까먹으면 안 돼."

나는 어안이 벙벙한 채로 이삿짐이 커다란 크레인으로 올라가는 광경을 올려다보았다. 사람들은 또 누가 이사를 오나 기웃거리거나 별 관심 없다는 듯 스쳐 지나갔다.

바로 앞엔 주차장과 놀이터가 있었다. 나는 또래로 보이는 애들 몇몇이 놀고 있는 걸 보곤 엄마를 찾았지만 어디 갔는지 보이지 않았다. 그래서 시끌벅적하게 이뤄지는 이사가 제 일이 아닌 양, 조금 떨어진 구석에서 한갓지게 담배를 피우고 있던 아빠에게로 갔다.

"아빠! 나 놀이터에 있을게!"

아빠는 짧아진 담배를 땅바닥에 던지고는 발로 짓이겼다.

"이따 부를 테니까 놀이터에만 있어. 다른 데 가면 안 된다."

"응!"

"잠깐만, 혹시 모르니까."

아빠는 뒷주머니에서 지갑을 꺼내 천원 두 장을 내 손에 쥐어 줬다.

"이따 배고프면 과자라도 사 먹어. 저기 보이지? 바로 슈퍼 하나 있더라."

"알았어!"

나는 엄한 엄마 대신 상대적으로 무딘 아빠가 좋았다. 물론 그렇다고 아빠가 아주 편하지는 않았다. 아빠와 나 사이는 엄마와 아빠 사이의 거리처럼 그럭저럭, 적당하다, 라는 표현이 어울렸다. 그렇지만 우리 사이엔 항상 집안을 주무르는 엄마를 두고 생긴 작은 유대감이 있었다. 나는 괜히 들떠서 아빠에게 손을 크게 흔들어대고는 놀이터로 뛰어갔다.

그렇게 난생처음으로 아파트에서 살게 되었다. 집은 새로 지어졌다는 말마따나 페인트 냄새가 진동해서 조금 머리가 어질했지만, 엄마는 어쨌든 그 냄새는 이곳이 새집이라는 분명한 증거이니 그마저도 기꺼이 누리고 좋아해야만 한다고 내게 강조하듯 말했고, 나는 엄마의 기대와 즐거움에 부응하려고 신이 난 모습을 유난스럽게 보였다.

나날이 기분이 좋았다. 바로 앞에 놀이터와 슈퍼가 있는 것도 좋았지만 무엇보다도 얼마 안 되는 거리에 내가 다닐 학교가 있다는 것이 좋았다. 늘 버스를 타거나 오래 걸어가야 하는 거리였는데, 이제는 걸어서 십 분도 안 되는 거리에 학교가 있다니. 몇 년만 지나면 땅값이 오르고 빚도 다 갚아서 이 아파트를 아예 살 수 있을 거라는 엄마의 계산적인 얘기는 당시엔 귀에 들리지도 않았다. 들어도 무슨 얘긴지 잘 몰랐고, 그러려니 하는 아빠의 무심한 낯과 잔뜩 미래에 대한 기대감에 차 있는 엄마의 표정 사이에서 내가 적당함을 유지해야 한다는 것만은 일찍이 알고 있었다. 나는 언제나 둘 사이에서 중간을 지키고 유지하는 역할을 맡고 있었다. 그래서 너무 좋아하지도, 실망하지도 않으려고 애썼다.

* * *

9월, 새 학교에 들어간 지 얼마 안 됐을 무렵의 어느 한적한 주말. 나는 엄마와 함께 동네를 돌아다녔다. 평소 같으면 엄마는 주말 내리 잠을 자고 일어나선 한 주 동안 먹을 반찬을 만든답시고 부엌에서 빨빨거리거나 온종일 소파에 누워 테레비만 봤을 텐데. 도시에 이사를 왔답시고, 이제는 좀 동네를 돌아보고 곳곳에 뭐가 있는지 알아두면 좋지 않겠느냐며 엄마가 먼저 나를 끌고 나온 것이었다.

 나는 오랜만의 엄마와의 외출에 신이 나서 지난봄 생일선물로 받았지만 아끼고 아끼느라 몇 번 신지도 않은 운동화를 신고 엄마를 따라나섰다.

 "얼레, 그건 또 어디서 났니?"

 "전에 생일선물 사줬잖아 아빠가!"

 "아, 그랬나."

 "응!"

 가만 보면 엄마는 작은 것들을 잘 깜빡깜빡했다. 하기야 큰일만 잊어먹지 않으면 된다고, 모든 일에는 얼마나 중요하냐에 따라 순서가 있는 거라고 엄마는 늘 그랬다. 맞아, 그러면서 엄마가 그때 나한테 필통 하나 내밀고는 뭐라고 했더라. 공부나 열심히 하라고. 나는 그때가 생각나 입을 삐죽거렸다. 무슨 공부 타령이야. 허구한 날 이사를 다니는데 정신이 없어서 공부를 어떻게 하라고? 엄마가 그런 소릴 할 때마다 나는 그렇게 대꾸하고는 했다.

 "이제 좀 적응되면 너도 학원 다녀야지."

 "학원?"

나는 아리송했다. 물론 전에 살던 동네에도 학원은 있었지만, 엄마는 어린 애가 학원 다녀봤자 뭐 하느냐고 보낼 생각 없다고 했었는데.

"학원 가지 말라며? 그래서 진송이 다니는 피아노학원도 못 가게 했으면서."

"네가 무슨 피아노를 쳐. 됐다 그래. 딴 동네에서 학원 안 보낸 건 거기 있던 학원들이 죄 똥통이고 별로여서 그랬던 거지. 여기는 다르잖아. 그리고 다른 엄마들이 그러는데, 너도 이제 4학년이니까 슬슬 중학교 공부도 준비하고 그래야 된다고 하더라."

중학교 준비를 벌써부터 하라니. 나는 황당했지만 그러려니 했다. 가끔 저녁 먹을 때 뉴스를 보다 보면 사교육이 어쩌고 공교육의 위기가 어쩌고 하던데 그게 바로 엄마가 하는 말이랑 관련이 있다고만 짐작할 뿐이었다.

"아빠는 나 학원 보내는 거 괜찮대?"

아빠라도 말려주면 그런 건 안 가도 될 텐데. 마지막 희망이랍시고 물었지만, 엄마는 내 헛된 바람을 일축하듯 단호하게 말했다.

"뭘 물어. 아빠는 너 학원 가든 말든 신경 안 써. 네 아빠가 어디 네 시험 점수에 관심이나 둔 적 있니? 오늘도 봐. 갑자기 뭔 동창 모임이 있다고 새벽같이 나가서는 전화도 한 통 없어. 하여간, 으휴. 느이 아빠 뭐 하고 다니는지 요새 암말도 없고 정신이 어디 딴 데 있는 거 같애. 하기사 뭐, 언젠 그 인간 속을 알 수가 있었나."

엄마의 넋두리엔 자연히 아빠에 대한 짜증이 잔뜩 실려 있었다. 둘이 어제 살짝 다투는 소리가 들리긴 했는데 정말 싸우기라도 했나. 나는 괜히 불똥이 튈까 무서워 입을 꾹 다물었다.

 엄마를 따라 횡단보도를 건너고 대형마트에 들어갔다. 입구부터 시원한 에어컨 바람이 쏟아져서 금방 기분이 좋아졌다. 나는 엄마를 붙들고 아이스크림을 사달라고 졸랐다. 엄마는 방금 누구 전화를 받았는지, 전화를 끊고 나선 갑자기 사근사근한 낯으로 흔쾌히 좋다고 했다. 웬일이지. 엄마 무슨 로또라도 됐나? 만날 로또, 로또 타령을 하더니. 하여튼 하루에도 수십 번을 오락가락하는 엄마의 감정선을 알 수가 없었다. 나야 뭐 엄마가 그렇게 기분 좋을 때가 얼마 없다는 걸 알기에, 그때를 잘 누려야만 한다는 생각을 할뿐이었다.

 아이스크림을 먹으며, 비닐봉지를 든 엄마와 나란히 집으로 돌아가는 길. 그날의 햇볕은 무척 따듯했다. 가을이 오는 것을 먼저 알려주려는 듯이 선선한 바람이 불어왔다. 바로 집에 가려는 엄마의 걸음을 붙들고 좀더 돌아다니자고 말했다. 저쪽에 공원 있어, 엄마! 저기 가보면 안 돼? 엄마도 오랜만의 느긋한 외출에 기분이 좋은 기류로 이어지고 있는 모양인지, 또 흔쾌히 내 말을 들어주었다. 이럴 때면 난 엄마가 세상에서 제일 좋았다. 날 혼내지 않고, 내가 하고 싶은 걸 하라고 허락해주는 엄마. 아이스크림은 벌써 다 녹아 없어지고 손엔 끈적한 막대기뿐이었지만 마음엔 달큰한 설렘이 남아있었다.

 커다랗고 이파리가 울성한 나무들이 서 있는 정원으로 가려면 처음 이사 올 때 지나던 대로를 가로질러야 했다. 그 대로를 중심으로 왼편 상부엔 우리 학교가 있었고, 오른편 하부엔 우리가 사는 대산아파트 단지가 있었다. 그러니까 내가 다니는 학교와 내가 사는 곳이 서로 마주보고 있는 셈이었다.

아파트도 완공된 지 얼마 되지 않았다고 하더니, 공원도 얼마 전까지만 해도 열심히 공사 중이었는데 드디어 다 조성된 모양이었다. 온통 푸른색의 정원 사이로 예쁜 꽃들이 활짝 피어 있는 게 멀리서도 보였다. 유아차를 끌고 나온 가족들과 내 또래 아이들도 많이 보였다. 나도 얼른 저 사이로 가서 맘껏 뛰어놀고 흔들거리는 그네를 타고 싶다고 생각했다. 횡단보도에 서서 부푼 마음으로 발만 동동 구르고 있었다.

그때였다. 몇 걸음 떨어져서 통화를 마치고 걸어오던 엄마는 지나온 골목 쪽을 쳐다보곤 얼굴을 오만상으로 찌푸렸다.

왜냐고 묻기도 전에 엄마는 내 손을 꽉 붙잡고 섰다. 곧 초록불이 되었다. 나는 엄마를 빤히 쳐다보며 걸었고, 엄마는 횡단보도를 건너고 공원 초입에 다다라서야 한 번 뒤를 돌아보고는 말했다.

"학교에서 집 걸어올 때 절대 혼자 오면 안 돼."

"응, 나 안 그래. 나 진영이랑 민재랑 맨날 같이 다니는데? 진영이는 102동 살고, 민재는 101동 살아."

"그래. 나중에 학원 다닐 때도 꼭 친구들이랑 다니고, 그리고 되도록이면 저어기, 저쪽으로는 절대 얼씬도 하지 마."

"저기?"

나는 그제야 엄마가 눈살을 찌푸렸던 곳을 뒤돌아 쳐다보았다. 그 골목엔 군데군데 정육점 같은 붉은 등의 불빛이 어려 있었다. 멀리서도 보이는 그 불빛이 어쩐지 좋지 않은 느낌을 주었다. 그게 왜인지는 알 길이 없었지만 그랬다. 또한 무언가 어수선하면서도 음산하고 심상찮은 분위기가 감돌고 있는 게 느껴졌다.

"얼른 안 오고 뭐 해."

엄마의 말에야 나는 고개를 돌리고, 다시 엄마를 따라갔다.
공원을 다니면서도 어쩐지 그쪽으로 간혹 시선이 향했지만 그때마다 나는 고개를 돌리려고 무진장 애를 썼다. 앞으로도 반드시 그래야만 한다는 것을 느끼면서.

* * *

그 골목에 대체 뭐가 있길래 엄마가 얼씬도 하지 말랬는지 나는 모르겠지만 분명 위험한 곳이라는 건 알 수 있었다. 학원 끝나고 애들과 그쪽을 지나갈 때면 그 골목을 어슬렁거리는 아저씨들이나 붉은 불빛을 비추는 가게 안의 마네킹처럼 서 있거나 앉아있는, 유령처럼 허여멀건 사람들을 스치듯 보면, 무섭다는 생각이 들어서 괜히 걸음을 빨리하곤 했으니까.
고학년이 돼서인지, 아니면 이 동네 애들이 유독 그런 건지, 남자애들이 더 짓궂고 욕도 많이 하는 것 같았다. 언제는 난생처음 들어보는 욕을 듣고서는, 그게 욕인지도 몰랐다가 나중에야 진영이가 그게 욕인 걸 알려줘서 화가 났더랬다. 하지만 화가 나도 내가 할 수 있는 건 아무것도 없었다. 선생님에게 말씀드려봤자 해결되는 것도 없었다. 그냥 그 애들한테 조금 꾸중을 하고 말 뿐이고, 원래 남자애들이 다 그런 거라는 소리만 들었으니까. 답답하지만 그냥 피하는 게 상책이구나 싶었다. 똥이 무서워서 피하냐 더러워서 피하지. 그러다 몇몇이랑 싸우기도 일쑤였지만, 싸우고 나서는 꼭 내가 더 많이 혼났다. 그게 서러워서 엄마한테 말해도 엄마는 왜 학교에서 공부는 안 하고 싸우냐고 나를 나무랐다.

  왜 다들 나한테만 뭐라 그러는 거야? 언제부턴가 나는 그런 생각을 많이 하게 됐다. 쟤네가 먼저 나한테 욕을 했는데, 쟤가 먼저 나한테 시비를 걸었는데. 심지어는 쟤네가 교실에서 무슨 이상한 걸 막 던지고 애들한테 돌리고 그런단 말이야. 다방이니 마사지니 하는 글귀가 쓰여 있고 웬 야한 여자들이 그려진 전단지랑 명함 같은 것들. 남자애들은 그걸 가지고 낄낄대고 웃고 야동 얘기도 서슴없이 했다. 어쩔 땐 너무 짜증이 나서 그걸 가져가서 선생님께 이르고 싶어도, 나는 그런 것에 손도 대기 싫어서 엄두도 안 났다.

  처음에 친해졌던 민재도 그 애들에게 물들어서 나는 민재와 절교를 해버리고, 진영이와 다른 여자애들이랑만 다녔다. 특히 나는 진영이와 제일 친했다. 그림 그리는 걸 좋아해서 쉬는 시간마다 그림을 그리고, 만화대여점에서 빌려온 만화를 나눠보고는 했다. 같은 보습학원을 다녀서 학교가 끝나고 학교 앞 분식집에서 떡볶이를 사 먹고 만화대여점에서 만화책을 보다가 학원을 가고는 했다. 그리고 학원이 끝나면 아파트로 걸어가며 수다를 떨었다.

  그날 저녁도 나는 학원에서 시비를 거는 남자애들 때문에 싸우고 잔뜩 성이 나 있었다. 나는 걸어가는 내내 씩씩대고 있었고 진영이도 내게 박자와 온도를 맞춰가며 짜증을 내고 있었다.

  "아, 진짜 지긋지긋해! 쟤네랑 다른 반이었으면 좋겠어."

  "나도. 옛날에는 여자 남자 다른 반이었다는데. 학교도 다 달랐다는데. 제발 다시 그랬으면 좋겠다."

  진영이도 남자애들한테 이골이 나 있기는 나와 마찬가지였다. 우린 아직 문을 닫지 않은 문구점에서 슬러쉬를 하나씩 사들고는 반대 방향으로 걸어갔다. 속이 답답하기도 하고 좀 더 놀고 싶어서 일부러 길을 돌아갔다.

"나는 걔, 박상균이 제일 싫어. 어쩔 땐 진짜, 걔가 나를 막 이상하게 쳐다본다니까? 그거 알지?"

"아 변태! 대체 걔네들 왜 그러는 거야?"

"그르니까…. 민재도 안 그랬는데, 애가 이상해졌어. 민재 진짜 착했는데."

"재수 없어. 김민재! 걔 저번에 내 브래지어 잡아당긴 거 봤지! 걔가 나한테 사과해도 나는 절대 안 받아줄 거야. 흥!"

"그래도, 민재는 착했는데…."

"됐다 그래! 걔도 별수 없는 거야. 남자애들이 다 그렇댔잖아, 선생님이."

진영이가 중얼거렸다. "다 그렇긴 뭘 다 그래… 짜증나, 씨이."

뒷담화를 잔뜩 하고 어느새 배워버린 욕이란 욕은 다 해봐도 속은 풀리지가 않았다. 같은 길을 한 다섯 바퀴쯤 돌았을 즈음, 우리는 크게 한숨을 쉬고는 그만 집에 들어가기로 했다.

"너무 늦은 거 아냐? 지금 몇 시지?"

"몰라."

"어떡해. 엄마가 왜케 늦게 왔냐고 그럼 뭐라 하지?"

"학원에서 모르는 문제 물어보다 늦었다고 하지 뭐."

진영이네 엄마도 엄하신 편인지 늘 엄마한테 혼날까 걱정하는 게 진영이의 습관이었다. 나는 괜히 태연한 척 대꾸했지만 사실 엄마가 무서운 건 마찬가지였다.

걸음을 빨리해야 하는데 배가 고파선지 힘이 안 나서 아파트 단지가 까마득하게 느껴졌다. 우리는 가는 길에 또 뭐라도 사 먹을까 싶었지만 둘이 남은 돈을 합쳐봤자 천 원도 안 돼서 체념했다.

"으, 이게 뭐야!"

거기다, 걸어가는 길에 본 그놈의 전단지들에 또 짜증이 일었다.

길바닥 여기저기에 죄 흩뿌려져 있는 전단지를 보고선 그날의 엄마처럼 절로 인상이 찌푸려졌다. 대체 저런 걸 왜 길바닥에 뿌려놓는 거야? 누가? 세상은 참 이해할 수 없는 일이 너무나도 많다고 생각했다. 매일 저녁 뉴스만 봐도 알 수 있는 사실이었지만 유난히 그랬다.

하지만 세상은 내 생각보다 더 이해할 수 없고, 이해하고 싶지 않은 것들로 가득하다는 것을, 그때까지의 나는 알지 못했었다.

나는 그 골목에서 익숙한 형체를 보았다. 붉은빛이 나는 가게 앞에서 담배를 피우면서 서 있는 그 사람은…… 바로 아빠였다.

"왜 그래?"

진영이의 물음에야 정신을 차리고 얼른 달음박질을 했지만, 금방 숨이 차서 멈춰 섰다.

내가 본 게 정말 아빠가 맞는지, 왜 아빠가 그 어둡고 무서운 골목에 서 있는지, 아빠뿐 아니라 그 많은 아저씨들이 왜 그곳에 몰려있는지…… 나는 의아했지만, 알 수 없었지만, 어쩐지 절대로 알고 싶지 않다는 생각이 들었다. 그대로 어딘가로 도망치고 싶은 기분이 들었다. 진영이는 자꾸 내게 무슨 일이냐고 물었지만 나는 대답할 수 없었다. 나는 숨이 막혔지만 입을 크게 벌릴 수도 없었다. 아무 말도 할 수가 없었다.
"왜 이제야 와? 오늘 학원 늦게 끝나는 날이었어?"
집에 가자마자 소파에 앉아있는 엄마를 보고서도, 나는 아무 말이 나오질 않았다.
"왜 그래?"
엄마가 걱정하는 낯으로 다가와 물었다.
"왜 그러고 얼이 빠져 있어. 학원에서 무슨 일 있었어?"
나는 세차게 고개를 저었다. 그게 더 수상해 보일지도 모른단 생각이 들자, 얼른 아무 말이나 뱉어버렸다.
"나 배고파, 엄마."
엄마는 별 시답잖은 소릴 듣는다는 양 헛웃음을 쳤다.
"당연히 배고프겠지. 그러게 왜 이렇게 늦게 왔어. 얼른 손 씻고 와."
"으응…."
나는 방으로 들어가 가방을 툭 내려놓고 옷장을 열었다. 그러다 얼빠진 채 서 있었다. 내가 뭘 하려고 했더라 싶었다가, 잠바를 벗어서 옷걸이에 걸고 잠옷으로 갈아입었다.
"얼른 나와. 밥 먹어."
엄마의 목소리가 들렸다. 어쩐지 오늘따라 엄마의 목소리가 귓가에 웅웅대며 들려왔다. 나는 배고팠던 것도 잊어버리고, 침대에 누워 이불로 온몸을 덮었다.
"뭐야, 배고프다며. 그냥 잘 거야?"
방에 들어온 엄마의 그림자가 이불 위로 길게 늘어졌다. 나는 아무 대꾸도 안 했다. 다시 엄마가 걱정하는 얼굴로 다가와 이불을 살짝 끌어내리고 물었다.

"왜 그래. 오늘 학교에서 무슨 일이라도 있었어?"
"아니…."
"그럼? 근데 왜 그래."

나는 겨우 고개를 돌리고 생각을 쥐어 짜냈지만 별 좋은 생각이 떠오르지 않아, 그냥 아무렇게나 말했다.

"그냐앙, 졸려…. 엄마, 나 그냥 잘래."

평소 같으면 아무리 졸려도 양치하고 씻고 자야 한다고 할 법한 엄마가, 그날은 내가 평소와 다르게 축 처져있는 걸 보고는 아무 말도 안 했다. 대신에 이불을 덮고 벽으로 몸을 돌린 나를 작은 몸 위로 폭 안아주고는 느린 손길로 토닥여주었다. 얼마 없는 엄마의 다정함, 그래서 더 소중하게 와 닿는 엄마의 마음이 느껴졌다.

"무슨 일 있으면 언제든 말해 엄마한테. 알았지?"
"……."
"우리 딸, 엄마가 요새 너무 신경을 못 써줬나. 엄마가 일이 늦게 끝나서 학원도 두 군데나 다니게 하는 게 미안하네."

아니라고, 그렇지 않다고, 나는 고개를 저었다.

그때, 현관문 열리는 소리와 함께 아빠의 발걸음 소리가 들렸다.

"왔어? 오늘 늦었네."

엄마는 바로 내 방을 나서며 문을 닫았다.

나는 어둠 속에 홀로 남겨진 듯, 내 작은 몸뚱일 감싸오는 두려움과 외로움에 휩싸이는 것을 느꼈다. 속상하고, 불안하고, 외로웠다. 그 모든 감정들이 내 안에서 소용돌이치고 어지럽게 뒤섞였다. 나는 그게 대체 어떤 기분인지, 내가 왜 이런 걸 느끼는지 이해할 수 없는 채로 그 막연한 현실감을 마주하고 있었다.

 똑똑, 하고 노크 소리가 들렸다. 이어지는 목소리에는 평소와 같은 그의 무던함과 소탈함이 묻어나 있었다.

"자니?"

아빠였다.

 나는 엄마가 조심스레 걷어냈던 이불을 다시 얼굴 위로 덮고 온몸을 꽁꽁 싸맸다. 가슴이 두근거렸다. 쿵, 쾅, 쿵, 쾅, 심장이 내 몸에 맞지 않게 너무 커진 것 같고, 너무 세게 뛰는 것 같았다.

 끼이익, 방문이 열리고 다시 큰 그림자가, 엄마의 것보다 더 크고 기다란 그림자가 내 위로 그려졌다. 아빠가 들어오고, 방문이 닫히자 그림자는 사라졌다. 방안엔 아빠와 나, 둘뿐이었다. 전에는 그런 적이 없었다. 아빠는 내 방에 잘 들어오질 않았다. 늘 안방에서 신문을 보거나 거실에서 테레비를 보거나, 둘 중 하나의 모습만이 아빠의 것이었다. 그런데 그날은 아빠가 내 방에 들어와서 조용히 침대에, 내 머리맡에 앉았다. 나는 계속해 심장이 쿵쾅거리는 걸 느끼면서 그 떨림이, 그리고 내 울림이 아빠에게 들키지 않았으면 하고 바랐다. 그리고 어서 아빠가 내 방에서 나가줬으면 하고 바랐다.

"우리 딸, 자는 거야?"

"……."

아빠는 날 그렇게 부른 적도 없었다.

"아빠가 우리 딸 좋아하는 나뚜루 사 왔는데, 안 먹을래?"

 나는 귀를 막았다. 듣고 싶지 않았다. 하지만 아빠는 정말 아무렇지 않게도, 내게 그렇게 물었다.

"딸, 요새 학원 다니느라 힘들지 않아?"

나는 심장을 졸이며 두 손을 모으고, 겨우 입술을 떼었다.
"…아니."
아빠의 표정이 어떤지, 볼 수 없으니 알 수도 없었지만, 어쩐지 느껴지는 분위기가 편안하지 않았다. 아빠는 이불 아래로 감춰진 나를 투시해서라도 무언가 알아내려는 듯이 침묵한 채 가만히 나를 내려다보고 있을지도 몰랐다.
"그래?"
나는 고개를 끄덕였다.
"응. 학원 다니는 거 재밌어. 다른 학교 애들도 만나구, 선생님들도 잘해주셔. 나 하나도 안 힘들어, 아빠."
나는 살면서 엄마아빠에게 많은 거짓말을 했었지만, 그렇게 내 거짓말이 절대로 영원히 들통 나지 않기를 간절히 바랐던 적은 없었다. 정말로.
"그랬구나."
나는 그때부터 눈가가 촉촉하고 간지러웠다.
"아유, 피곤하다. 아빠도 얼른 자야겠다."
"……."
"우리 딸, 공부 너무 열심히는 안 해도 돼. 원래 어릴 때는 다 노는 건데. 엄마들이 극성인 거야."
"으응…."
이불을 살짝 걷어 고개를 슬쩍 들었을 때, 나는 아빠의 까슬까슬하게 수염이 살짝 난 턱을 보았다. 부드러운 미소를 짓고 있는 얼굴의 반쪽, 어쩐지 나는 그 위로는 도저히 쳐다볼 수가 없다는 생각이 들었다.
"우리 딸, 잘 자."
아빠가 내 머리를 쓰다듬었다. 나는 그 손길에, 온몸에 닭살이 오소소 돋는 느낌을 받았다. 난데없이 찬물을 맞은 듯 선뜩한 느낌이 순식간에 퍼지기도 했다. 속에선 참을 수 없이 거북한 느낌이 올라왔다. 그대로 온몸이 굳어버린 채 겨우 손만 꽉 쥐고 있었다. 왜인지는 도통 알 수가 없었다. 그 으슥한 골목에서 아빠를 본 것 하나 때문에 왜 이렇게 아빠가 무서운지, 꺼려지는지 몰랐다. 나는 그 낯설고도 예리한 장악력을 견딜 수가 없었다.

끼이익, 문이 닫혔다. 혼자가 되어서야, 나는 참고 죽이던 숨을 토해내고 울음을 터뜨렸다. 나는 내가 왜 우는지, 가슴이 답답한지, 알 길이 없는 채로 한참을 그렇게 이불 속에 파묻혀, 스스로 깊이 판 동굴에 몸을 숨긴 듯 안온함과 불안감을 동시에 느끼며 울었다. 우는 까닭을 모르는 채 짓는 울음이 더 괴로운 걸, 누구에게도 말할 수 없는 비밀이 생겨버린 걸, 처음 안 밤이었다.

* * *

아침을 안 먹고 가려고 했지만 엄마가 그날따라 일찍 나가지 않고 나를 식탁에 앉혀놔서 별 수 없이 숟갈을 들어야만 했다.

"어제 저녁도 안 먹어서 배고플 텐데 아침을 왜 안 먹어. 세 끼를 꼬박꼬박 먹어야 키도 크고 머리도 잘 돌아가지. 공부 잘하려면 아침을 꼭 챙겨 먹어야 된대."

평소 같았으면 그놈의 공부, 공부, 속으로 짜증을 부렸겠지만, 그날은 엄마의 말을 가만히 듣고만 있었다.

"반찬이라도 냈어? 웬일로 여유롭네."

안방에서 막 나온 아빠가 반 접은 신문을 들고 식탁에 앉았다.

엄마는 분주하게 찌개가 든 뚝배기와 반찬과 밥그릇을 날랐다. 어쩐지 오랜만에 보는 듯한 광경이었다. 엄마의 직장은 아빠네보다 더 멀리 있어서 항상 엄마가 제일 먼저 집을 나서곤 했으니까.

"오늘 출장 있는데 가까운 데라, 회사 안 들르고 바로 가기로 했어."

"좋겠네."

"좋긴 뭐가 좋아. 출근해야 되는 건 똑같은데. 오늘 날도 좋더라."

"그래? 어젠 좀 흐리더니."

"그러고 보니까 이렇게 셋이 앉아서 아침 먹는 거 되게 오랜만인 것 같네."

"그러네. 그럼 나도 같이 좀 먹고 갈까?"

엄마는 어쩐지 기분이 좋아 보였다. 그럴 때면 평소에 마음에 담아두고 있던 작은 부탁을 꺼내거나 엄마의 기분을 거스르지 않을 수 있는 얘기를 편하게 할 수 있었다. 하지만 나는 묵묵히 밥만 먹었다. 엄마와 아빠, 나, 세 사람. 가족. 그날따라 낯설고 무겁게 느껴지는 호칭들과 설명하기 어려운 나의 감정들이 뒤섞여 내 마음을 편치 않게 만들고 있었다.

"어제부터 왜케 죽상을 하고 있어 너는. 진짜 무슨 일 있는 거 아니야?"

엄마가 내 눈치를 살피고 말했다.

"아냐. 그냥 졸려서 일찍 잔 거야."

 나는 겨우 짜증을 부리며 답했다. 그게 차라리 자연스러운 반응이었다. 그제야 엄마는 안심한 듯 밥그릇을 비우고 먼저 일어났다. 나는 밥을 다 먹지 못했지만 아빠와 둘이 식탁에 남겨지는 게 싫어 잽싸게 부엌을 벗어났다.

 방에서 나올 즈음에 엄마는 이미 나가고 없었다. 내게 머쓱한 얼굴로 인사를 한 건 아빠였다.

 "잘 갔다 와, 우리 딸. 갔다 와서 아이스크림 먹어."

 나는 침을 꿀꺽 삼키고 아빠를 지나치며 대꾸했다. 네에. 그 성의 없음에 아빠가 아무것도 눈치 채지 못하기만을 바랐다.

 진영이는 항상 나보다 먼저 나와 있었다. 벤치에 앉아있거나 놀이터 그네를 타고 있고는 했다.

 "너 무슨 일 있어?"

 "아니."

 "그래? 난 또 엄마한테 혼났나 했지."

 내 표정이 그렇게 안 좋았나. 나는 내 심란한 마음을 아빠에게 들켰을까 걱정했다. 머릿속이 복잡하고, 마음 따라 발걸음까지 무겁게 느껴졌다.

 "아, 배고파."

 진영이는 배를 어루만지며 투정했다.

 "아침 안 먹었어?"

 "응. 엄마가 밥하는 거 깜빡했다구. 햇반 먹으랬는데 난 그거 싫어서 안 먹었어."

 나는 그 단어를 입에 올리기조차 힘들어진 기분으로 물었다. "너희 아빠는?"

진영이는 캐릭터 얼굴이 달린 머리끈으로 머리를 묶으며 말했다.

"아빠는 밥 할 줄 몰라. 아빠도 안 먹고 가길래, 나도 그냥 나왔어."

"……."

우리는 금세 횡단보도까지 걸어갔다. 확실히 가을은 가을이었다. 이제는 잠바를 입지 않으면 팔에 닭살이 오소소 돋았다. 그렇다고 감기에 쉽게 걸릴 만큼 추운 건 아니었지만. 언제는 학교에 가기 싫어서 감기에 걸릴 요량으로 방의 창문을 활짝 열어놓고 발가벗고 잤는데 다음날 일어났을 때 어찌나 쌩쌩하던지. 날 깨우러 들어온 엄마만 깜짝 놀라서 왜 그러냐고 뭐라 그랬었다.

그 얘길 했더니 진영이가 와하하 웃었.

"나도 그런 적 있어. 엄마 몰래 일부러 베란다 가서 잤거든? 근데 햇빛 때문에 괜히 잠이나 일찍 깬 거야. 그래서 다시는 안 그러려고. 개근상을 받으라는 하늘의 뜻인가 봐!"

"빨리 방학이나 했음 좋겠다."

"두 달은 남았는데?"

"…아니다. 그냥 방학 안 했으면 좋겠어."

"뭐야, 방금은 하고 싶다며."

아니. 집에 있으면 왠지 안 좋을 것 같아. 아빠랑 집에 단둘이 있다고 생각하면 벌써부터 마음이 불편한걸. 나는 어젯밤 이후로 대체 무엇이 나를 송두리째 바꾸어 놓았는지, 아빠와 나 사이에 있던 모종의 유대감이 어떻게 하루아침에 사라진 기분이 드는 것인지, 이해할 수 없었다.

나는 왜인지 안타까운 기분을 머금으며 생각했다. 여길 오지 않았다면 몰랐을 텐데.

　아니 어쩌면 아빠도 여길 와서, 지나가다 궁금해서 가본 걸 거야. 이런 동네에 이사 오질 않았으면 아빠도 저런 데는 갈 생각도 안 했을 거야.

　허나 그렇게 부정하기엔 이미 너무 선명하게 떠오르는 기억이었다.

　언젠가 오천 원만 슬쩍 꺼내려고 몰래 아빠의 지갑을 뒤적거리다 보았던, 인력/기공/마사지/도우미/수다방 같은 알 수 없는 말들과 촌스런 색과 모양으로 쓰인 번호들이 쓰여 있던 명함 같은 것들. 아빠의 핸드폰으로 강아지 키우기를 하다가 보았던 새 문자 메시지, 내일 6시 수정호프, 그리고 다음날 아빠는 문상 갈 일이 있다며 양복을 챙겨 입고 나갔고, 그날 나는 엄마가 사온 피자를 먹으면서 개그콘서트를 보았다, 아빠가 밤에 들어오는지 새벽에 들어오는지도 모른 채로. 관심도 없는 채로.

　이제야 모든 게 이상하게 여겨졌다. 내가 이상함을 느낄 정도면, 엄마도 느끼지 않았을까. 문득 온몸에 한기가 느껴질 만큼 두려운 기분이 들었다. 아니야, 엄마는 모를 거야. 어쩐지 나는 엄마가 몰랐으면, 부디 아무것도 몰랐으면 하고 바라고 있었다. 한낮에는 아무 일 없다는 듯이 한갓지고 지나는 사람도 없지만, 저물녘에는 수상쩍은 몸짓과 음산한 분위기로 물들고 두리번거리고 서성이는 사람들로 부산스러워지는 그곳을.

　벌써 사는 게 버거운 나이가 된 걸까? 아니면 내가 지나온 어젯밤이 나를 이토록 예기치도 못한 감정의 방향으로 바꿔놓고 가버린 걸까? 나는 자꾸만 울고 싶은 기분이 되었다.

"불 바꼈다! 가자."

진영이의 부름에야 나는 정신을 차렸다.

나도 모르게 힘없이 땅을 딛고만 있던 걸음을 떼고 횡단보도를 건넜다. 상하좌우, 대각선으로 교차하는 횡단보도는 동시에 초록불이 켜져서 멈춰 있던 사람들도 동시에 움직였다.

나는 나를 지나치는 사람들, 내가 몸을 피하거나 눈을 피하며 지나치는 사람들 중에, 내가 어젯밤 보았던 일과 같은 일을 아는 사람이 있을까 생각해보았다. 만약 아는 사람이 있다면 그 사람은 제대로 알고 있을까. 아니면 알면서도 모른 척할까. 그날의 나처럼. 알고서도 모르고만 있다고 믿고 싶은 사람이 있을까. 지금의 나처럼.

신호가 긴 초록불은 내가 반대편으로 건너와서야 깜빡거리기 시작했다. 나는 아무 일 없었던 것처럼 진영이와 떠들며 교문으로 향했다. 하지만 나는 앞으로 다시는 건너편의 붉은 불빛을 바라볼 수 없을 것이고, 스쳐 지나가지도 않으리란 생각에 휩싸여있었다.

문득 고개를 들어 바라본 구름 낀 하늘은 전에 본 적 없는 다른 얼굴을 하고 있는 것 같았다. 별안간 불어오는 바람에 나는 속절없이 어딘가 쓰라렸지만, 그게 정확히 어딘지는 알 수 없었다. 어쩌면 아주 오래도록 알지 못할 듯한 기분이 들었다. 아마 앞으로도, 어디로 가야 할지를 모르고 불분명한 의문들에 싸인 채 나아가리란 예감이 들었다. 그래. 그렇게, 멈추지 않고 나아가는 것밖엔 할 수 없겠지. 때로는 모르는 것을 아는 체하고, 때로는 엿본 것을 모르는 체하며.

green fields

집에서는 오후 내내 피아노 연주가 들렸다. 언제부턴가 예석에게는 그 아름다운 소리들이 소음으로만 들렸다. 아무리 아름다운 것도 보잘것없는 곳에선 보잘것없는 것이 돼버린다고 예석은 생각했다. 피아노 위에 놓인 액자 속의 새파란 드레스를 입은 여자와 두 살배기를 안고 코흘리개 시골아이에게 피아노를 가르치는 엄마는 너무나 다른 사람이었다.

 예석의 집으로는 스쿨버스가 다니지 않았다. 너무 동떨어져 있다는 이유였다. 이 시골동네에서 동떨어지지 않은 집이 어딨느냐고 생각했지만, 예석은 군소리 없이 걸어서 학교를 다녔다. 엄마는 집에 피아노를 배우러오는 아이들을 태울 때만 차를 운전했다. 빨간 마티즈엔 늘 먼지가 잔뜩 껴있었다. 좁은 차안은 동생의 젖비린내가 진동했다. 예석은 동생이 태어난 뒤로 혼자인 기분을 수없이 느꼈다. 자칫 빠지기라도 할까 조심하며 혼자 논두렁을 걸을 때 유독. 그즈음 모내기철이라 카센터 일하면서 여럿 집 논일도 돕는 아빠는 얼굴 보기도 힘들었다.

예석의 세상은 그렇게나 작았다.

* * *

예석이 다니는 초등학교는 한 학년에 한 반, 한 반에 열댓 명뿐인 작은 학교였다. 근방에 있는 학교가 이곳뿐이라 예석의 모부님도 이 학교를 나왔는데 언제라도 학생이 적어 폐교될지 모른다고 말했다. 다행히도 재작년부터 정부에서 시골 학교를 지원하는 정책을 마련해서 방과후 수업을 비롯한 많은 지원이 이뤄지고 있었다. 예석이 그렇게 타고 싶어 하는 스쿨버스도, 목요일마다 있는 관현악부 시간도, 쓰지 않는 1층의 교실 세 칸을 벽을 뚫고 만든 도서실도, 모두 최근에 만들어졌다. 엄마는 세상이 얼마나 좋아졌느냐면서, 예석에게 매사에 감사할 줄 알아야한다고 했다. 예석은 학교의 변화에 누릴 수 있는 것들이 많아져서 좋으면서도, 엄마의 말이 별로 와 닿진 않았다.

제이미가 학교에 온 건 유월이었다. 모내기가 끝나가고 밤마다 개구리 울음소리가 나날이 징하고 포실한 바람이 머리칼에 헤살을 놓는 때.

예석은 처음 제이미를 봤을 때, 복도에서 그를 지나치면서 아무것도 모르고 인사했다. 선생님이든 누구든 지나가다 어른을 보면 인사를 하도록 귀에 딱지가 생기도록 들어서 버릇처럼 고개를 숙였는데, 그는 선한 미소를 지으며 예석에게 똑같이 고개를 숙였다. 놀란 예석은 달음박질로 뛰어 문밖으로 나갔다.

다음날 수업에서 제이미를 만났다. 그는 캐나다에서 온 원어민 교사라고 했다. 예석을 비롯한 학생들은 그를 신비하게 생긴 생물처럼 쳐다봤다. 제이미는 그런 시선을 많이 받았는지 개의치 않는 기색으로 학생들에게 공손히 고개를 숙여 인사하고는 칠판에 제 이름을 썼다. Jamie S. Chester. 그때 예석은 영어를 대충 읽을 줄 알았지만 소리 내어 말하기에는 자신이 없었다. 제이미가 한 명씩 일어나 자기소개를 해보라고 하자 가슴이 콩닥거렸다. 승훈이도 여진이도 부끄럼 타면서도 곧잘 하는데 자신이 없어서 예석은 한참을 우물쭈물하며 서 있다가, 서러워 눈물을 흘리고 말았다.

"울게 하려고 그런 게 아니었는데. 부담을 줬다면 미안해요, 예석."

예석은 제이미의 말을 알아듣지 못했지만 그가 너무나 제게 미안해한다는 것은 알았다. 그의 섬세한 얼굴은 감정과 생각을 다채로운 표정으로 숨김없이 드러냈다. 예석은 바로 자리에 앉았지만 속상함을 지우지 못하고 영어시간 내내 의기소침하게 앉아있었다.

그 다음부터 영어 시간이 다가오기만 하면 예석은 긴장했고, 그때의 속상한 마음이 떠올라 울고 싶은 기분이 들었다. 복도에서 제이미가 걸어오는 걸 보기라도 하면 반대편으로 뛰어갔다. 예석은 피아노보다 영어가 더 싫어졌다. 매일 저녁마다 예석이 숙제와 공부를 했는지 확인하러 들어오는 아빠보다 무섭게 느껴졌다.

견디다 못한 예석은 영어 수업을 빠졌다. 다음 수업까지 빼먹을 순 없어서 근처에 있으려는데, 어딜 가면 좋을까 고민하다 플라타너스 나무가 우뚝 서있는 정원으로 가기로 했다. 그 정원은 예석이 가장 좋아하는 장소였다. 나무 밑동 모양의 의자들이 배열 없이 놓여있었고 그 앞엔 학예회나 작은 행사를 위해 만들어진 무대가 있었다. 목요일마다 관현악부 연습이 이루어지는 곳이기도 했다. 예석은 나무 뒤에 앉아서 몸을 가리고 숨었다. 혼자가 되니 비로소 마음이 편하고 숨통이 트였다. 그날은 하필 늘 같이 다니는 단짝 수현과 다퉈서 기분이 더 안 좋았다. 혼자가 된 기분이었다. 예석의 큰 눈엔 눈물이 고였다. 울고 싶지 않아서 눈을 치켜뜨고 고개를 들었다. 플라타너스 잎사귀들 사이로 햇빛이 내리쬐었다.

너무 눈부셔서 눈을 감았더니, 햇살이 무척 보드랍고 따뜻하게 느껴졌다. 이런 날만 있다면 혼자가 되어도 좋을 듯하다는 생각이 온몸을 차분하게 감쌌다. 오래도록 눈을 감은 채로 여름바람의 향기를 맡으면서 폭 안겨있었다.

"여기 있었구나?"

제이미가 있었다. 예석은 놀랐지만, 그를 보고 싶지 않아서 다시 눈을 감아버렸다. 저도 모르게 입술도 툭 나왔다. 그가 잘못하거나 실수한 것도 없는데 예석은 말이 통하지 않는 이 방인이 그저 얄밉기만 했다.

"저번엔 미안했어. 예석, 네가 얼마나 속상한지 잘 알고 있어."

말이 통하지 않는데 마음이 통할 순 있는 걸까. 예석은 눈부신 햇살을 저와 함께 맞으면서 풀 죽은 표정으로 서있는 그가 얼마나 제게 헌신적인지, 알지도 못하는 그가 얼마나 저를 아끼는 마음인지 다 느껴지는 듯했다.

"나도 너무 속상해. 여기에 오기 전에, 한국어를 배웠어야 하는 건데. 그래서 네게 불편함을 주지 않으면서 대화할 수 있었어야 했는데 하는 후회가 들고, 미안한 마음이야."

제이미는 예석에게 손을 건넸다.

"그래도, 나를 피하진 말아줄래? 나는 앞으로 너와 잘 지내고 싶으니까."

예석은 제이미의 말을 다 알아듣지 못하면서도 고개를 끄덕였다. 그의 손을 잡았다. 그때의 제게는 무척 크고 단단하게 느껴졌던 손. 하지만 지금의 제게는 그저 그 청록의 잎사귀보다도 작고 흐릿한 손.

* * *

스쿨버스는 시내 방향과 산 방향으로 번갈아 운행했다. 예석은 스쿨버스를 기다리는 애들과 같이 도서실에서 만화책을 보거나 놀이터에서 놀거나 술래잡기를 하며 학교를 쏘다녔다. 어차피 늘 혼자 걸어갔고, 집에 일찍 가봤자 좋을 게 없어서 예석은 가장 늦게 하교하는 학생이었다.

애들이 다 가고 나면 학교는 조용했다. 예석은 해가 질 때까지 학교에 있다 가는 편이었다. 혼자 할 수 있는 건 생각보다 많았다. 노을이 지는 걸 하염없이 보면서 그네를 타거나,

운동장 조회대에 앉아서 빌린 만화책을 읽거나, 한창 즐겨하던 리듬줄넘기를 하거나, 것도 재미가 없으면 나무를 타고 오르고는 했다. 다들 나무 타기를 게임이나 내기처럼 했는데 개중에서도 예석은 가장 빠르고 높게 나무를 탔다.

잘 타던 나무에서 발을 삐끗하며 떨어지면 예석은 잘 아파하지도 않고 다시 올라갔다. 별 것 아닌 일에도 예석은 자존심이 셌다. 하지만 유독 속상한 일이 있던 날이면 작은 일에도 울음이 터지곤 했다. 예석은 무릎이 까지고 피가 나는 다리로 걸어가다가 제이미의 목소리를 들었다. 예석은 창문을 열고 제게 손짓하는 제이미를 보았다. 예석은 그 멀리서도 다친 저보다 더 울상 지은 그의 얼굴이 보였다.

제이미가 상주하는 영어수업 전용 교실은 도서실과 같이 최근에 만들어져서 무엇이든 새것이었고 늘 조금 낯설고 서늘한 공기가 감돌았다. 더운 날씨에도 제이미는 가디건을 걸치고 다녔다. 제이미는 예석을 책상 옆에 앉히고 구급상자를 가져와서 쓸리고 까진 상처에 약을 발라주고 밴드를 붙여줬다. 예석이 아아, 아픈 소리를 낼 때마다 제이미의 얼굴도 함께 찡그려졌다. 미안, 미안. 예석은 제이미가 sorry를 너무 많이 해서 제가 미안할 정도였다. 대신 thank you라고, 제이미와 눈을 맞추고 말했다. 제이미는 무슨 말만 하면 웃는 사람이었다. 예석은 제이미도 웃으면 다 아무 일도 아닌 거라고 생각하는 사람일까 궁금했다.

"집에 안 가고 여기서 뭐하세요?"

예석은 제이미의 넓은 책상에 아무렇게나 구겨져서 놓인 종이뭉치를 보았다.

"일기를 쓰고 있었어."

일기는 보통 집에서, 자기만 보는 공책에 쓰지 않나. 에이포 용지에 일기를 쓴다는 제이미의 말에 예석은 신기하단 표정을 지었다.

"실은 편지를 써. 일기처럼 그날 있었던 일을 편지에다 매일 쓰고 있어."

예석이 고개를 갸웃거리자 제이미가 눈치로 알아듣고 말했다. "우리 엄마한테. 나는 아직 메일보다는 이런 편지가 좋아서."

예석은 그제야 제이미가 집을 멀리 떠나 아무것도 모르는 땅에 온 이방인이라는 사실을 되새겼다. 영어를 잘하고, 제게는 너무나 어른이고, 성숙하고 모든 것이 바로잡힌 인격체로 느껴졌지만, 홀로 먼 곳에 온 외로운 사람이라는 것도 느꼈다.

예석은 알음알음 들은 단어들을 조합해서 물었다. "Teacher, your dream, teacher?"

제이미는 한국에 와서 눈치가 늘은 건지, 원래 눈치가 뛰어난 사람인지, 아니면 한국에 살기 위한 필수 본능인 눈치가 절로 발달했는지 모르겠지만, 정말 흡수력과 이해력이 빨랐다. 제이미는 어떻게든 저와 대화하려고 애쓰는 예석을 흐뭇하게 바라보았다. 최대한 쉬운 단어로, 짧은 문장들로 대답해주기 위해 고민하는 모습들에 예석의 마음은 조금씩 열리고 있었다.

"아니, 내 꿈은 원래…… 너무 많아서 하나를 딱 집을 수가 없는데. 그중에 선생님은 없었어."

"왜요?"

"글쎄, 내가 별로 좋은 선생님을 못 만나봐서 그랬을지도 모르겠어. 그런데 내가 선생님이 되고 보니까, 좋은 선생님이 되는 게 얼마나 어려운지 알겠어. 그래서 내가 만난 모든 선생님을 존경해야겠다고 생각해."

예석은 매일 영어를 공부하고 있었다. 혼자 방에 앉아서 사촌언니에게 물려받은 영어동화 카세트를 듣고 교과서를 읽고 학교에서 영어를 제일 잘하는 명지한테 모르는 걸 물어보기도 했다. 그런 노력이 빛을 발하는지 제이미의 말을 이전보다 많이 알아들어서 무척 기분이 좋았다.

"선생님은 좋은 선생님이에요."

그 말을 해줄 수 있어서 얼마나 기뻤는지. 예석의 미소에 제이미는 얼마간 놀라서 말을 잇지 못하다가, 감동을 받았다는 듯 촉촉해진 눈으로 예석의 손을 잡았다.

"고마워, 예석."

제이미도 서툴지만 많이 는 한국어로 말했다. 예석은 제이미의 발음이 웃기다고 킬킬 웃어댔다. 애슥 아니고 예,석,이에요. 예석. 예석은 제이미가 쓰던 종이에 제 이름을 써주었다. 제이미는 또 고마워, 라고 말했다. 한 글자 한 글자, 진심을 담은 말이었다.

예석은 제이미의 모든 따뜻한 말들이 좋아서, 제이미와 오래 있고 싶었다. 애들과 노는 것보다도 제이미와 있는 게 좋아서 그렇게 좋아하던 공기나 술래잡기도 안 하고 영어 교실에 와서 제이미의 옆에서 놀았다. 제이미는 매일 편지를 쓰는지 항상 책상에 꾸겨진 종이뭉치들이 굴러다녔다. 어느 날 예석은 몰래 종이뭉치 몇 개를 가져다가 방에서 읽어보았다. 제이미의 편지 글씨는 칠판에 쓰는 것보다 날렵하고 정갈했다. 처음엔 알아보기 힘들었지만 사전을 뒤져가며 단어 뜻을 아래에 적어두고 읽으려고 애썼다. 혹시라도 제이미가 알면 기분 나빠할지 모르겠지만, 예석에게는 제이미가 쓰던 편지를 읽는 취미가 생겼다. 덕분에 예석은 영어가 급속도로 늘었고, 제이미에 대해서도 많은 것을 알게 되었다.

「사랑하는 조안나.

 오늘은 아이들이 밭에서 일하는 것을 구경했어. 놀이터 밑에 큰 밭이 꾸려져있는데, 고구마, 고추, 토마토, 포도 등을 키운대. 아이들이 각 반마다 구역을 맡아서 직접 물을 주고 잡초를 뽑고 수확을 한대. 불평하는 아이도 있지만 대부분은 그 시간을 좋아해. 집에서 하는 것보다 친구들과 하는 게 재미있다고 하더라. 이곳의 아이들은 후드타운의 아이들처럼 맑고 기운차고, 좀 더 흥이 많아. 학교에선 자주 노래와 웃음소리를 들어. 정말 행복해.

 드디어 센터에서 전화가 왔어. 기록에 문제가 있는지, 아무래도 생각보다 찾기 쉽지 않을 것 같다는 얘기를 들었어. 한국에 오기 전에는 너무나 큰 결심이 필요하고 내게 슬픔을 주는 일이었는데, 한국에 오니까 이상하게도 평온한 기분만 들어. 혹시라도 못 찾을 수 있다는 말을 들었는데 조금도 슬프지 않고, 그저 다 흘러가는 일처럼 느껴져. 어떤 결과가 나오든 나라는 사람은 변함없을 거라는 믿음이 자리해있어.

 신기하지? 이럴 줄 알았으면 겁먹고 살지 말걸 그랬어. 사는 게 다 그런가봐. 무언가 다가올 때는 겁이 나는데 막상 그걸 만나면 받아들이게 돼. 받아들이지 않더라도, 지나가면 아무 일도 아닌 것이 돼.

 아빠는 잘 만나고 왔어? 나 대신 프레드가 가장 좋아하는 프리지아를 가져갔으리라 믿어. 엄마도 건강 잘 챙기고, 항상 좋은 것만 생각하면서 지내. 나도 그렇게 잘 지낼게.
 부디 행운을 빌어줘.
 늘 엄마를 생각하는, 제이미.」

 예석은 제이미가 궁금했고, 제이미에 대해서 알고 싶었지만, 이렇게 깊은 이야기까지 알 수 있을 줄은 몰랐다. 누구나 가슴에 두고 있는 비밀 이야기가 있듯이 제이미가 쓴 편지도 그런 비밀 이야기였을 터였다. 예석은 조금 죄책감을 느끼고 더는 편지를 가져가지 않기로 했지만, 이미 제이미의 이야기를 읽고 난 후였다.
 편지를 읽은 후로 예석의 눈에는 제이미가 완벽한 어른, 다 자란 어른으로만 보이지 않았다. 예석에게 제이미는 어떤 말을 해도 다 맞는 것처럼 따라야 한다고 말하는 어른도, 성장기 없이 지금의 다 자란 모습로만 존재해온 어른도, 다른 많은 이름이 있지만 선생님이란 호칭으로만 존재하는 듯한 선생님도, 많이 들어보았지만 아무것도 알지 못하는 나라에서 온 신비로운 이름의 이방인도 아니었다. 호수처럼 깊은 마음에, 작은 상처들이 나룻배처럼 오고, 그 중 여럿은 잘못되어 깊은 곳에 빠지고, 시간이 지나면 그 상처들은 부식되고 존재하지 않는 것처럼 느껴지지만, 살다보면 문득문득 그 상처의 파편들이 수면 위로 떠오르는, 저와 다를 바 없는 사람 같았다.
 그럼에도 제이미에게 자신의 이야기는 할 수 없을 거라고 생각했다. 예석의 작은 세상에 아이의 이야기를 들어주는 어른이란, 동화 속 요정처럼 존재하지 않는 존재였다. 어른들이 아이들의 이야기를 들어주는 것은 아이들이 아주 작은 갓난아기일 때뿐, 아이들이 커갈수록 어른들은 아이들이 빨리 세상에 적응하고 자신과 같은 어른이 되기만을 바랐다. 아이는 어른의 기대에 맞춰 까치발을 들고, 크고 높은 세상을 보려하지만, 결국 기대에 완벽히 부응하는 존재가 되지 못하고 자신의 좁은 세상만 보게 되었다. 그렇게 수많은 아이들이 사라져 갔다. 아이들을 지켜주는 어른은 없었다.

예석은 누구든 자신의 이야기를 들어주길 바라면서도 겁이 많았다. 한 번도 입 밖으로 내지 못한 목소리가, 언제든 제가 모르는 사이에 사라져버릴지도 모른다는 두려움이, 늘 그림자처럼 자신과 함께라는 것을 느끼며 살아온 탓이었다.

그럼에도 어째선지 제이미는 다른 어른들과 다른 것 같았다. 그래서 예석은 제이미가 편했다. 제이미에게는 어떤 이야기든 다 할 수 있을 것처럼 느껴졌다.

* * *

여름방학 첫날, 예석은 수현의 집으로 놀러 갔다. 수현의 집은 야트막한 산기슭을 뒤로한 전원주택이었다. 집으로 들어가는 길엔 넓은 들과 수현의 모부님이 소일거리로 경작하는 작은 밭과 옛날에 타조 몇 마리를 기르던 농장 터가 있었다. 수현의 집에선 일이 여유로운 아버지가 요리를 하는 편이고, 어머니는 다양한 취미와 재치 넘치는 성격을 가진 분으로 수현과 예석을 친구처럼 대했다. 수현의 집에 가면 마음이 편하고 즐거웠다. 수현의 방엔 컴퓨터가 있어서 게임도 마음껏 할 수 있었고 넓은 마당에서 강아지 아리를 키워서 아리와 함께 놀 수 있었고, 수현의 모부님이 그림을 그리면 옆에서 구경하거나 같이 그릴 수도 있었고 처음 보는 과일도 먹을 수 있었다.

"예석아, 정말 집까지 혼자 걸어갈 수 있겠니?"

수현의 어머니는 차로 데려다주겠다고 했지만 예석은 정말 괜찮다며 사양했다.

수현의 아버지가 말했다. "다음에 또 놀러와. 예석이 오면 마당에서 고기 구워먹자."

"아아 뭐야, 왜 예석이 오는 날만 맛있는 거 먹어?" 수현이 투정했다.

"얘는."

수현이 인사했다. "예석아, 잘 가. 학교에서 봐!"

세 가족이 함께 손을 흔들었다. 예석도 웃으며 인사하곤 씩씩하게 걸어갔다.

해는 어둑어둑 저무는데 예석의 걸음은 점점 느려졌다. 집에 돌아가는 길에 혼자이고 싶었던 건, 한나절이 넘도록 받았던 호의를 거절하고 싶었던 게 아니라 문득 울고 싶은 기분 때문이었다. 이대로 집에 돌아가면 다시 혼자가 되겠지. 이 작은 동네에서도 비교의식이 자라는 건 어쩔 수 없는 걸까. 예석은 단지 더 많은 여유와 선택지가 있는 환경의 차이가 아니라, 사랑받는 것과 사랑받지 못하는 것의 차이를 느끼고 있었다. 예석은 동생이 태어나기 전부터도, 자신은 사랑받지 못하는 아이라고 생각했다. 그냥 이대로 저 산골짜기 이층집에서 살았으면 좋겠다는 생각을 하는 건, 헛된 투정을 부리는 거겠지. 방학이라고 해서 별로 다를 것도 없었다. 일주일만 쉬고 특별활동 수업을 위해 학교에 나가야했다. 3교시만 하는 수업이지만 예석은 집에 있는 것보단 학교에 가는 게 차라리 좋았다. 학교에 있으면 적어도 외롭지 않았다. 예석은 땅거미가 내려앉은 논두렁을 걸으며 친구들과 부르던 노래를 흥얼거렸다.

예석은 일찍 잠드는 것을 싫어했다. 혼자만의 시간을 뺏긴다고 생각해 늦게까지 자지 않고 그림을 그리거나 카세트로 라디오를 듣고는 했다. 아빠는 공부를 하는지 확인하는 것 말고는 방에 들어와 보지도 않았고 엄마는 동생을 보느라 제게 일말의 관심도 두지 않는 것으로 느껴졌다. 창문을 열어두면 낮엔 매미가 울고 밤엔 개구리가 우는 소리가 들리고 가벼운 바람이 흘러들어왔다. 예석은 아침이 되면 수현의 집에 놀러 가야지 생각하며 잠들었다.

문득 잠에서 깬 밤엔 온 사위가 고요했다. 예석은 목이 말라 침대에서 일어났다. 방을 나섰을 때 엄마의 코고는 소리나 동생을 재우는 소리가 들리지 않아 예석은 불안을 느꼈다. 안방에 들어가니 느닷없이 피난이라도 간 듯 이불은 바닥에 내팽개쳐있고 옷장은 활짝 열린 채로 쥐 파먹은 듯 파헤쳐져있었다. 예석은 바로 거실로 달려가 전화기로 엄마의 핸드폰 번호를 눌렀다. 뚜뚜, 뚜, 전화 연결음에 긴장감이 커지는 느낌이었다. 엄마가 전화를 받자 주변의 낯선 소음들이 함께 들렸다. 예은이가 갑자기 아파서 병원에 왔다고 했다. 예석은 예은이를 걱정하는 것보다도 먼저 자신을 혼자 집에 두고 갔냐고 원망하는 생각이 들었다. 그대로 엄마에게 투정해버렸다. 엄마는 곤히 잠든 예석을 깨워서 데려올 생각은 못했다고 말했지만, 속상한 예석은 전화를 끊어버렸다.

혼자 버려진 기분이었다. 같이 아팠을 때도 모부님은 동생을 더 걱정하고 보살폈다. 엄마가 피아노를 가르치니까 피아노를 잘 쳐야 한다고 연습을 시키면 군말 없이 그 지루한 하농을 연습해도 엄마는 칭찬 한 번 해주지 않았다. 아빠는 공부를 하는지 보러올 뿐 오늘 학교에서 무슨 일이 있었는지 물어봐준 적이 없었다. 그저 잘 하라고만 했다. 무엇을 잘하라는 건지는 알 수 없었다.

집을 뛰쳐나가고 싶었다. 하지만 어리기만 한 자신이 갈 수 있는 곳은 아무데도 없었다.

예석은 불현 듯 제이미를 떠올렸다. 제게 조금의 불안과 의심도 끼치지 않는 다정함과 영혼을 보듬는 순수함을 가진 그의 목소리가 마음속에 맴돌았다. 예석은 가방에서 비상연락망 종이를 꺼내어 제이미의 번호를 찾았다. 그 밤에 전화하는 것은 무척 실례일 텐데도 예석은 왜인지 제이미가 이런 자신의 무례함마저도 감싸줄 수 있는 사람이라고 믿고 있었다. 제이미는 태양 같은 사람이었다. 새벽녘엔 은은한 빛깔로 세상을 감싸고, 한낮엔 가장 뜨겁게 빛을 발하며 자신이 가진 것을 아낌없이 세상에 주고, 밤이면 지친 마음 위로하듯 어둠에 자리를 내주며 등 뒤에서 세상을 폭 안아주는, 자연을 닮은 사람이었다.

"누구세요?"

막 잠에서 깨어난 목소리가 잠겨있었다. 예석은 눈물이 차올랐다. 제이미, 선생님, 저 예석이에요. 예석은 다짜고짜 울음을 터뜨리며 얘기를 쏟아놓았다. 나는 혼자인 것만 같아요, 왜 태어났는지 모르겠어요, 아무도 나한테 관심 따윈 없어요,

다들 이 조용한 동네에서도 바쁜 세상에 살고 있으니까, 선생님은 꿈이 많았다고 했죠, 저는 꿈도 없어요, 될 수 있는 게 아무것도 없을 것 같아요, 잘하는 게 아무것도 없으니까요, 동생은 뛰어다니기만 해도 나중에 달리기 선수를 하면 좋겠단 소리를 듣는데 저는요, 학교에서 사회 백 점을 맞아도 잘했다는 소릴 못 들었어요.

예석의 얘기가 끝났을 때, 제이미는 잠시 침묵했었다. 예석은 그가 제게 이 시간에 전화하는 것은 무례하다고 선생님답게 훈계를 할까 잠시 걱정했다. 예석은 그저 들어줄 사람이 필요했을 뿐이었다. 사랑을 줄 사람이 아니라 얘기를 들어줄 사람. 어른이든 아이이든 제 마음을 알아줄 사람.

"예석, 전화해줘서 고마워."

제이미는 어느 새 오후와 같은 따뜻한 목소리로 말하고 있었다.

"나도 지금 혼자인 기분이었거든. 이렇게 누군가와 통화를 하고 있으니까 기분이 좀 나아지는걸."

제이미는 짧은 말은 한국어로 띄엄띄엄 했고, 긴 말은 최대한 쉬운 영어로 말했다. 그는 이 세상엔 말로 전해지지 않는 것들이 분명히 존재한다고, 그래서 남지 못하는 것들이 있다고 생각했다.

누구나 혼자인 걸 느낄 때가 있어. 생각보다 아주 많이. 누구나 혼자 태어나서 혼자 죽는다는 말도 있잖아. 조금 무서운 말이긴 한데, 사실이야. 사람은 혼자일 수밖에 없지만 늘 끊임없이 혼자임을 벗어나기 위해 애를 써. 항상 누군가와 함께이길 원하고 좋은 것들만 주고받고 자신도 남들에게 좋은 사람이기를 바라지. 그렇게 세상과 겹치다가도 부딪치고, 섞이

다가도 갈라지면서, 온전한 자신이 되어가는 건가봐.

　예석은 전화선 너머로는 제이미의 말을 다 알아듣지 못해 속상해서, 편지로 써달라고 부탁했다. 제게 하고 싶은 말을 편지로 남겨달라고, 그대로 전해달라고. 제이미는 OK 하고선 종이를 꺼내 편지를 쓰는 소리가 들리냐고 물었다. 그것까진 들리지 않는다고 대답하며 웃은 예석은, 동이 트도록 눈물 자국 마른 얼굴로 그의 위로를 듣다가 어느 순간 잠들었다. 거실 카펫에 누워 평화롭게 잠든 얼굴은 모든 불안을 떨쳐낸 모습이었다.

　학교에 가자마자 영어교실로 향한 예석은 아직 오지 않은 제이미를 기다리며 복도에 서있었다. 예석은 그에게 사과하기 위해 왔지만, 고마움을 표하기 위해 작은 선물을 준비하기도 했다. 하얀색 차 한 대가 후문에서 들어와 주차장에 자리를 잡았다. 그 차에서 내린 제이미는 영어교실 쪽으로 걸어왔다. 예석은 창문 너머로 제게 가까워지는 그를 바라보았다.

　"예석! 여기서 뭐하고 있었어?"

　제이미의 부름에 예석은 반가운 얼굴로 달려갔다. 장난치듯이 그를 끌어안고 매달리니 제이미가 복도가 울리도록 웃었다.

　"참, 편지 가져왔어. 여기."

　제이미가 뒤로 맨 가방에서 편지를 꺼내주었다. 예석은 정말 받을 거라 생각지 못했던 편지를 받고 뛸 듯이 기뻤다. 그대로 방방 뛰며 좋아한 예석은 제이미에게 가장 아끼는 캐릭터 공책을 선물로 주었다. 선생님, 고마워요. 제이미는 너무나 기뻐했다. 저를 생각해준 게 고맙다면서 예석의 어깨를 안고 쓰다듬어주었다. 예석은 그에게 사과하려던 것은 잊어버렸다.

"1교시는 영어지? 같이 교실에 들어가 있을까?"

"네!"

예석은 제이미를 따라 영어교실에 들어가 자리에 앉았다. 가방을 내려놓고 교재를 꺼내고 수업 준비를 하는 제이미에게서 눈을 떼지 못했다. 너무 일찍 왔는지 졸음이 살짝 밀려왔다. 두 팔을 포개고 고개를 묻었다. 서늘한 교실 공기에 살갗이 시린 느낌이 드는 채로 잠들었다. 종소리를 듣고 일어났을 때, 예석을 덮어준 담요가 스르륵 바닥에 떨어졌다. 예석은 담요를 주우면서 제이미를 보았다. 다른 학생들에게도 혹시 추우면 담요를 주겠다고 말하는 제이미가 책상 아래서 담요를 꺼내고 있었다.

예석은 몰래 훔쳐다 읽던 편지가 아니라 제이미가 제게 직접 쓴 편지를 읽을 수 있어 기뻤다. 얼른 집에 가서 영어사전을 펼치고 한 줄 한 줄 읽고 싶었다.

* * *

예석의 학교는 학생 수가 적어서 고학년이 다함께 수학여행을 갔다. 예석이 가을 수학여행을 다녀왔을 때 제이미는 학교가 너무 조용해서 쓸쓸했다고 말했다. 쓸쓸해, 라고 말하는 제이미의 목소리는 명랑하기만 해서 예석은 살갑게 웃어버렸다. 예석은 제이미의 한국어가 그렇게 빨리 늘고 있다는 것도 느끼지 못했다. 어른이라면 당연히 아이보다 빨리 배우는 줄 알아서 제이미가 피나는 노력을 한다는 것을 몰랐다.

"재미있었어? 경주에 갔다면서?"

"완전 재밌었어요!" 예석은 경주에서 본 것들, 맛있게 먹은 것들, 수련관에서 장기자랑을 했던 일, 다른 재밌었던 일들을 자랑하듯 얘기했다.

"부럽다. 나도 경주에 꼭 가보고 싶은데."

"선생님도 가지 그랬어요."

"다음에, 혼자 가지 뭐." 제이미가 영어로 중얼거렸다. 경주가 외국인이 한국에 오면 꼭 가봐야 하는 곳들 중 하나라고 들었는데 그는 아직 가보지 못한 모양이었다. 예석은 들떠서 자랑해댄 것이 미안해서 머쓱해졌다.

"예석, 다음 달에 영어스피치대회 있는데 나가지 않을래?"

제이미는 적극 추천했지만 예석은 망설였다. 제이미를 좋아해서 그를 따라다니며 영어로 대화하긴 했지만 대회에 나갈 정도는 아니라고 생각했다.

"어디서 하는데요?"

"시청에서 한다고 들었어."

예석은 그런 대회에 자신을 추천하려는 제이미의 생각이 고마웠다. 그의 눈빛은 아끼는 사람을 조금의 거짓도 없이 믿어주는 사람의 눈빛이었다. 예석도 일취월장한 자신의 영어 실력에 조금씩 자신감이 생기고 있었다. 제이미 덕분이었다.

그런 신뢰를 받고 있음에도 예석은 아직 스스로를 믿지 못해서, 솔직하게 말했다. 사람들 앞에 나가는 게 무서워서 그런 건 못한다고. 관현악부에서도 예석은 가장 뒤에서 하는, 크게 드러날 일이 없는 작은 북을 치고 있었다. 큰북보다 소리가 크지도 않고 연주에서 두드러지는 역할을 하지도 않았다. 연주를 무서워하는 이유는 제가 내는 모든 소리마저 자신이 없었기 때문이었다. 사람들이 자신을 주목하면, 아주 작은 실수라도 커다랗게 보이고 아주 작은 몸짓이라도 서툴고 못나게 보일 것 같았다.

뭐든 자신 없어하는 예석에게 제이미는 누구보다 분명한 확신과 포용심을 주었다.

"내가 본 너는 누구보다 잘할 수 있어. 정말로 그렇게 생각해. 분명 예석에게 좋은 기회가 될 거야. 자신이 없다면 내가 있는 힘껏 도와줄게."

다른 어른이, 제가 곧이곧대로 들을 수 있는 말로 했다면 그저 겉치레로 하는 말이라고 생각했을 텐데. 제이미의 말은 언제나 진심으로 전해져서 예석의 마음을 움직였다. 제 작은 세상에 맞추기 위해 무럭무럭 키우지 못했던 마음을 움직이고 날개를 달아주는 힘과 메시지를 가지고 있었다. 예석은 스스로는 그렇게 자신을 바라볼 수 없었지만, 제이미의 얘기를 들으면 자신이 정말 누구보다 잘할 수 있는 아이라는 사실도 믿을 수 있었다.

매일 학교가 끝나면 예석은 제이미의 교실로 향했다. 제이미의 옆에서 장난을 치거나 쉽게 쓰인 영어책을 읽으며 놀기 위해 갔었다면, 대회를 앞두고는 오로지 공부하기 위해서 제이미에게 갔다. 같이 대회에 나가기로 한 명지도 함께 제이미와 대회준비를 했지만 학원에 가야 해서 함께 있는 시간이 적었다. 예석은 노란색 학원차를 타고 학원에 가서 더 좋은 걸 배우는 명지 같은 애들을 부러워했었지만, 제이미와 있으면 다른 것은 아무것도 부럽지 않았다.

"이번 대회 주제는 자유래. 예석, 혹시 사람들에게 말하고 싶은 너만의 얘기가 있니?"

예석은 그 말을 듣고 한참이나 손가락으로 연필만 휘휘 돌리고 있었다. 제이미는 얼마든지 예석을 기다리겠다는 의사를 보이듯, 책상에 교과서와 여러 책을 쌓아두고 수업 준비를 하고 있었다. 집중하고 있는 제이미를 쳐다본 예석은 한숨을 푹 쉬었다. 제이미가 주제를 정해주길 바랐는데 자신이 하고 싶은 얘기를 생각하라니 막막하기만 했다. 하루는 그렇게 아무것도 생각하지 못한 채로 보냈고, 다음날도 고민에 싸여있었다.

노을 진 하늘을 보는데 마음이 젖은 종이처럼 축축하고 무거웠다. 예석은 속상한 표정으로 말했다.

"쌤, 아무래도 저 대회 못 하겠어요."

"왜?"

책에서 고개를 들은 제이미가 저를 쳐다보자, 예석은 더 속상하고 부끄러웠다.

"하고 싶은 얘기가 없어요. 잘하는 게 있는 것도 아니고 좋아하는 것도 없고요. 하긴 전 애들이랑 있을 때도 항상 듣고만 있어요. 어쩔 때는 애들이 무슨 얘기 하는지 모르면서도 그냥 웃고 있어요. 제가 얘기하면 분위기가 조용해지고 재미없어지거든요, 그래서 얘기를 안 했어요."

예석은 고개를 숙였다. 눈물이 차올랐지만 울고 싶지 않아서 꾹 참았다. 자신이 누구보다 잘하는 게 딱 하나 있다면, 울음을 참는 거라고 생각했다.

"뭐든지 다 얘기해도 돼, 예석. 지금 이렇게 함께 있잖아. 내가 다 들을게."

제이미가 예석의 손을 잡았다. 빠르게 키가 자라고 있는 예석은 남들이 보기에는 다 자란 것처럼 보여서, 그 안에 미처 다 자라지 못한 마음까지 어른이기를 요구받았다. 기대와 요구에 부응해야한다고 걱정하는 예석에게 제이미는 그렇게 말해주고 있었다. 너는 무엇이 될 필요도 없고, 너만의 속도와 이야기를 가지고 있다고. 문득 예석은 제이미가 캐나다에 있는 어머니에게 쓴 편지 문구 중 하나를 떠올렸다. 나는 아이들에게 꿈이 뭐냐고 묻지 않았으면 좋겠어.

예석은 제 안의 호수에 가라앉은 이야기들 중 무엇이라도 건져서 세상에 보일 자신이 없었지만, 제이미에 대해서 말하고 싶었다. 제이미가 제게 얼마나 힘이 되어주고 소중한 친구가 되어주었는지. 얼굴을 마주하고 할 수 없는 이야기지만 제이미를 통해서 용기를 낸 자리에서, 제이미에게 감사를 전하고 싶다는 마음이 들었다.

처음에 예석이 써온 글을 읽은 제이미는 예석의 앞에서는 아무렇지 않은 척했지만, 혼자 있을 때는 쑥스러워 어쩔 줄 몰랐다. 한편으로는 너무나 감동을 받아서 몇 번이고 반복해서 읽었다. 예석의 담임선생님이 번역을 도와주면서 읽었을 걸 생각하니, 둘만의 이야기를 들킨 기분이 들었다. 제이미는 조심성이 많고 혼자만의 생각도 깊고 숱하게 안고 있는 예석이, 자신을 믿고 대회를 나가기로 다짐하고 저를 위한 글을 썼다는 게 믿기지 않으면서도 기뻤다. 예석은 처음 봤을 때보다 많이 달라져있었다. 저와 일상적인 대화를 하는 데 어려움이 없었고, 온몸으로 내보이는 듯하던 외로움도 이제는 스스로 짐이나 상처로 생각하는 것이 아니라 누구나 안고 있는 것으로 받아들인 담대함이 생겨있었고, 제 얘기를 들어주길 바라면서도 드러낼 용기가 없었지만 조금씩 변화하고 있었다.

예석을 오롯이 지켜봐온 제이미에게는 그러한 예석의 작고 소중한 변화가 뚜렷하게 보였다.

대회가 열리는 시청으로 가는 길, 담임선생님의 차에는 제이미와 예석, 명지가 타고 있었다. 명지는 워낙 낯가림도 겁도 없어서 활발하게 웃으며 설렘을 드러내고 있었고, 예석은 명지의 얘길 들으면서 속으로 무척 긴장하고 있었다. 제이미는 백미러로 둘을 번갈아 보면서 어쩜 저렇게 다르게 빛이 나는지, 생각하며 미소 지었다. 시청 오른편에 있는 대강당홀에 도착했을 때, 그곳엔 벌써 많은 학생과 교사들이 와있었다. 미리 축하를 준비하는지 꽃다발을 든 가족들도 여럿 보였다. 예석은 모부님께 얘기했지만 오지 않을 것을 알았다. 보나마나 아빠는 카센터에서 일하고 있을 테고, 엄마는 예은이를 데리고 할머니 댁에 다녀온다고 했다. 예석은 애초에 기대하지 않기로 마음먹어서 실망하지 않았다. 저를 응원하는 사람이 셋이나 있었으니까.

"어떡해! 예석아, 나 너무 떨려."

"아까 차에선 너무너무 재밌겠다고 그러더니. 흥이다."

"아니야, 진짜 떨려. 안 그런 척한 거야아."

명지는 뒤늦게 자기 차례가 다가오면서 긴장했고 예석의 손을 꼭 잡고 있었다. 예석은 항상 뭐든 잘하고 걱정 같은 건 하나도 갖고 있지 않던 명지도 저와 똑같이 긴장하는 걸 보고는 도리어 안심이 됐다. 제이미는 둘이 점심도 못 먹고 와서 배고프지 않으냐면서, 담임선생님과 함께 김밥과 떡볶이를 사왔다. 대강당홀 바깥의 벤치에 앉아서 먹는 김밥이 너무 맛있어서, 그 별 것 아닌 일과 시간이 너무나 행복해서, 예석은 그 가을날의 바람을 오래도록 잊지 못하게 되었다.

"맛있지? 가는 길에 또 사갈까?"

담임선생님의 말에, 예석과 제이미가 동시에 고개를 끄덕였다. 눈이 마주치고 웃음이 터졌다. 예석은 자꾸 그 순간이 생각나서, 무대 단상에 올라 달달 외운 스피치를 하면서도 실실 웃음이 나왔다. 덕분에 많이 떨지 않고 잘해낼 수 있었다. 그날 예석은 장려상을 받았다. 그 작은 학교에서 온 둘이 각각 금상과 장려상을 받아서 꽤나 화제가 되었다. 그날 취재를 온 지역신문에도 대회의 정경과 수상내역이 실렸다. 예석은 그 신문을 스크랩해서 일기장 표지 뒷면에 붙였다. 예석은 작은 성공의 경험으로, 많은 자신감이 생겼다. 잘할 수 없을 거라고 굳게 다졌던 자신의 믿음이, 실은 자신을 억누르고 가로막고 있었다는 것을 느꼈다. 제이미는 그에게 조금씩 열기 시작한 예석의 마음을, 세상을 향해서도 활짝 열 수 있도록 도와준 사람이었다.

* * *

예석은 졸업을 앞두고 있다는 것이 실감나지 않았다. 중학생이 되어 교복을 입는 건 기대했지만, 입시라는 단어를 들으면서 자신이 그 단어에 매달린 삶을 살게 될 거라는 것은 알지 못하는 것만큼이나. 예석은 근처의 중학교를 갈지, 아니면 시내에 있는 조금 더 큰 학교에 갈지 고민이었다. 근처의 중학교를 다니면 자주 제이미를 보러 올 수 있지만, 아무래도 시내의 학교보다는 여건이 좋지 않아서 망설여졌다. 엄마는 등하교를 어떻게 할 것인지나 학생 수가 많은 학교에 적응할 수 있을지를 얘기하며 예석이 근처의 학교를 가길 바랐지만, 아빠는 예석이 큰 학교에 가야 더 공부를 잘하고 나중에 좋은 대학에 가는 데도 도움이 될 거라고 말했다. 예석은 이제 중학교에 들어가는데 대학교에 갈 것까지 미리 계산해두는 아빠가 조금 무서웠지만, 제가 갈 학교가 제 뜻이 아닌 아빠의 뜻대로 결정되리라는 것을 알았다.

예석은 불안할 때면 제이미에게 편지를 쓰고 그를 생각하는 자신이 그에게 부담스럽지 않을까 생각하면서도, 이런 자신마저도 이해해주는 그를 알아서 더욱 고마웠다. 예석의 편지는 책상 아래 둔 상자에 차곡차곡 쌓여갔다.

밤새 눈이 쌓여서 길에 차 한 대도 다니지 못하는 하얀 날이었다. 예석은 중요하지도 않은 방학 수업 때문에 나가지 말라는 엄마의 걱정을 들은 체도 안 하고 평소처럼 학교 갈 준비를 마치고 집을 나섰다. 털장화를 신고 나오자마자 움푹, 눈이 패였다. 예석은 귀마개에 목도리에 코트까지 온몸을 꽁꽁 싸맸지만 학교까지 잘 갈 수 있을지 스스로도 자신이 없었다. 하루라도 빠지면 얼마 남지 않은 학교생활에 아쉬움만 키울 것을 알아서, 한 걸음 한 걸음 당차게 내딛었다. 벌써 발끝이 시렸다. 예석은 목도리를 더 단단하게 조였다.

온 세상이 하얗게 덮여있었다. 누구도 지나지 않는 길, 모든 것이 잠들어있는 듯한 세상을 홀로 걸으면서, 예석은 그토록 작기만 하던 자신의 세상이 광활하게 느껴졌다. 수시로 저를 막으려드는 두려움을 뒤로하고, 한 걸음씩 용기를 내어 나아가다 보면, 그렇게 조금씩 세상이 넓어질 터였다. 세상의 모든 이야기는 자라는 아이들을 위해 존재했다. 모든 발자국이 길에 남고, 아직 닿지 않은 길엔 햇살이 비쳐있었다. 하얀 눈길이 반짝였다. 모든 자연이 길을 알려주는 듯 자리를 지키고 있었다.

예석이 학교에 도착했을 때, 시간은 훌쩍 지나있었다. 3교시가 끝날 무렵이었다. 집에선 학교에 갔다는 아이가 오지 않아서 걱정한 담임선생님이 정문에서 예석을 기다리고 있었다.

"세상에, 이렇게 손이 차서, 어쩜 좋니."

장갑을 껴도 추위에 손이 얼어있었다. 선생님은 예석을 데리고 도서실로 갔다. 따듯하게 켜둔 난로를 중심으로 친구들이 군고구마를 먹고 있었다. 왜 이제야 오냐고 기다리고 있었다고, 예석을 나무라며 장난치는 친구들이 그토록 반가운 적이 없었다. 바깥에서 불을 지피고 고구마를 구워먹고 있었다면서 벌써 입가가 거뭇해진 아이들이 히죽 웃는 미소가 사랑스러웠다. 제이미는 창가에 앉아 책을 읽고 있었다. 그는 예석을 보자마자 달려와선 반갑다며 꼭 안아주었다.

"연락했으면 정 선생님이랑 널 데리러 갔을 텐데. 왜 혼자 걸어왔어, 많이 추웠지."

예석은 말없이 고개를 끄덕였다. 저를 안은 제이미의 팔을 붙잡고 명지가 내민 고구마를 한 입 먹었다.

담임선생님이 말했다. "여기서 느긋하게 있으면 몸이 푹 녹을 거야. 이따 갈 때는 선생님이 데려다줄게."

예석은 난로의 열기보다도 제이미의 포옹에 더욱 따뜻함을 느꼈다. 저를 둘러싸고 있는 친구들과 선생님의 다정한 마음씨에도, 예석은 문득 뭉클해졌다. 학교를 떠날 날이 다가온다는 걸 그제야 조금씩 실감하면서 눈물이 났다. 예석이 눈물을 보이자 다들 놀랐다. 개중에는 달래주려고 괜히 더 장난을 치는 애들도 있었다. 예석은 우는지 웃는지 모를 얼굴로 장난치지 말라고 화내다가 그만 웃어버렸다. 고구마는 뜨겁고 달았고, 소복소복 눈 덮인 오후는 조금씩 녹아내리고 있었다.

* * *

 제이미가 살던 동네에 갈 수 있었으면 좋겠다. 제이미가 살던 집에 가서 어린 시절 이야기도 듣고 옛날 사진도 보고, 제가 생각이 많을 때 논두렁을 걷듯이 호숫가를 걷는다고 했던 제이미와 함께 그 호수를 보고 싶다. 예석은 컴퓨터 시간에 몰래 비행기로 캐나다까지 가는 시간과 돈을 검색해보았다. 어깨가 절로 내려앉았다. 서울도 가본 적 없는데 캐나다를 어떻게 가. 예석은 실망했다. 하지만 그 바람을 제 꿈으로 삼기로 정했다.
 제이미는 제가 살던 고향을 얘기할 때면 잔잔한 미소를 지었다. 햇살을 받으며 입술을 움직이는 제이미는, 예석과 함께 풀잎이 돋아나는 시골길을 걸으면서도 그가 떠나온 멀고 먼 나라, 상쾌한 바람과 눈부신 햇살로 살과 피를 채우던 그의 작은 동네를 걷고 있는 듯했다.
 "이곳은 정말 아름다워. 봄이면 봄, 여름이면 여름, 언제나 선명하게 느낄 수 있는 곳이야."
 제이미가 살던 곳은 여름을 제외하고는 대체로 쌀쌀한 날씨여서, 봄을 실감할 수 없었다고 했다.

예석은 살짝 뾰로통한 얼굴로, 제이미의 감상에 대꾸하지 않았다. 벗어나지 못해 지겹기만 한 제 동네가 아름답다고 말하는 제이미, 제 작은 세상에 잠시 놀러와 저 같은 원주민은 보지 못하는 아름다움을 알아보는 제이미가 부럽고도 질투가 났다. 그러다가도 그에게 동화되어 고개를 끄덕이고 있었다. 제게도 그는 아름다운 이방인일 뿐이었다. 낯설고, 빈틈 없고, 변함이 없을 듯한. 여물지 않은 누군가의 봄을 혜성처럼 지나는 여행자. 언제라도 떠날 수 있는, 이곳의 누구도 알지 못하는 커다란 세계에서 온 개척자.

예석은 혼자 책상에 엎드려 있을 때마다 그 학교와 제이미를 생각했다. 모든 계절이 그 품에서 싹을 틔우고 자라나온 듯하던 정경, 그 모든 걸 여행처럼 아름답게 바라보던 제이미. 그는 아는 사람 하나 없는 학교에 와서 모든 게 어렵고 벅차기만 한 예석에게, 위로가 되는 유일한 친구였다.

예석은 매일 훌쩍이다 잠들기 일쑤였지만, 전처럼 제이미에게 불쑥 전화를 걸진 못했다. 어리광부리는 것도 진작 졸업했어야지. 대신 제이미에게 편지를 쓰는 습관을 이어가고 있었다. 예석은 생각했다. 제이미도 차마 그대로 하지 못하는 모든 말들을 편지로 썼던 게 아닐까. 누구에게도 말할 수 없는 외로움을 달래려 편지를 썼던 게 아닐까.

작은 학교에서 큰 학교로 오니 제가 얼마나 보잘 것 없는 우물 안 개구리였는지 나날이 느끼고 있었다. 영어스피치대회에서 장려상을 받은 것도, 매번 시험마다 1등을 놓치지 않았던 것도, 제이미와 함께 영어로 대화할 수 있는 것도, 별것 아닌 일이 되는 기분이었다. 예석은 절대 소리 내어 운다든지, 눈에 띌 때와 안 띌 때를 구분하지 못한다든지, 조금만 시선의 온도가 높아져도 아파한다든지, 하지 않으려 애썼다. 우물 안 개구리라도 열심히 뛰다보면 넓은 바깥을 볼 수 있을 거라 믿었다. 실은 믿고 싶었다. 제이미를 만나서 예석은 세상이 얼마나 넓고 다양한 사람들이 있는지 알게 되었다. 저와 닮은 사람, 친구가 될 사람, 마음을 나눌 사람이 이곳에 없더라도 다른 세상에 존재할 수 있다는 것도. 그래서 제게 주어진 이 작은 세상에서 일어나는 작은 일들에 일희일비하는 게 이롭지 않다는 생각을 하면서도, 아직 예석은 잔바람에 흩날리는 볏대처럼 모든 작은 일들에 흔들렸다.

예석은 토요일마다 학교에 가면 항상 그 자리를 지키고 있는 제이미가, 다들 일찍이 떠나고 조용한 학교에서 저를 기다리느라 늦게까지 있어준다는 사실을 알지만 고맙다고 하지 못했다. 고맙다고 말하면, 미안한 일이 돼버리니까.

"집에서 편지가 왔어. 엄마가 사진을 보내줬는데, 같이 볼래?"

예석은 의자를 끌어 제이미의 바로 옆에 앉아서 눈을 빛냈다. 그가 보여준 사진 속, 몸집이 작고 앳된 얼굴의 제이미는 너무나 귀여웠다. 예석은 귀엽다는 말을 연발하며 제이미를 당황케 했다. 제이미가 말한 그 호숫가는 제가 생각한 것보다 훨씬 크고, 빽빽하고 넓은 침엽수림을 끼고 있었다. 눈이 내려 얼어붙은 호수를 뒤로하고 손을 들어 인사하고 있는 어린 제이미가 있었다. 제이미가 덧붙였다. 네가 우리 동네를 궁금해 해서, 보여주고 싶었어. 예석은 대뜸 영어공부를 열심히 하겠다고 외쳤다. 생동맞게 무슨 소리냐고 되물은 제이미가 웃음을 터뜨렸다.

"진짜아! 열심히 공부해서 캐나다에 갈 거예요. 그럼 선생님이 나 구경시켜주겠지?"

"알았어. 그럼 공부 열심히 해야 돼, 예석."

제이미에게 공부하라는 말을 처음 들었다. 예석은 제이미에게 한국사람 다 됐다면서 놀리고 사진을 가져다가 하염없이 바라보면서 귀엽다고 중얼거렸다.

"어릴 때는 다 귀엽지…. 너무 부끄럽다. 그만 돌려줄래?"

"좀만 더 볼래요. 제이미, 저 이 사진 빌려주면 안 돼요? 복사해서 갖다 줄게요."

제이미는 그러라고 했지만 예석이 돌려주지 않는대도 괜찮다는 태도였다. 예석은 그 다음주 월요일, 바로 도서실에 가서 사진을 복사해달라고 부탁했다. 자주 가서 얼굴을 익히고 조금씩 친해진 도서부원 친구가 사진에 나온 애가 누구냐고 물었지만 예석은 비밀이라고 했다. 예석은 제이미가 아무렇지 않게 오케이 할 줄 알았으면 사진을 다 달라고 그럴 걸 그랬다고 아쉬워했다. 졸업앨범에도 어색하게 찍은 반명함 사진 하나밖에 나오지 않은 제이미를, 제이미의 사진을 간직할 수 있어서 뿌듯했다.

예석은 제이미에게 줄 사진을 고르다 깜빡 잠들었다. 제이미를 만나러 가는 토요일, 사진을 가져오는 걸 깜빡했단 걸 학교에 가는 버스에서 알아챘지만 잊어버렸다.

* * *

예석은 시험기간을 전후로 하나둘씩 친구를 사귀었다. 예석이 반에서 높은 등수를 얻자 네댓 명의 친구들이 같이 밥을 먹자고 다가왔다. 처음엔 마냥 기뻤지만, 만약 자신이 공부를 못했다면 친구를 사귀는 것도 못하지 않았을까 싶은 생각이 들기도 했다. 네댓 명의 친구들 중 가장 중심에 있던 수희는 특히 예석에게 장난치기를 좋아했다. 예석도 잠재돼있던 장난기를 꺼내 같이 장난을 치고 어울렸다.

학교 친구들을 사귀면서 제이미를 찾아가는 일이 점점 줄어들었다. 이어서 2학년부터는 학원을 다니게 되었다. 혼자서 공부해서는, 학원을 다니고 과외를 받는 애들보다 잘할 수 없다는 걱정이 들었던 차에, 아빠가 먼저 예석에게 이제부터 학원을 다니라고 얘기했다. 아빠는 예석이 서울권 대학을 갈 수 있다고, 무조건 가야 한다고 생각했다. 안 그럼 자신들처럼 고향을 벗어나지 못하고 살 거라면서. 예석이 엄마도 서울권 대학을 나오지 않았느냐고 물었지만 아빠는 그 질문에 화를 냈다. 엄마가 잘 안 된 건 돈도 안 되는 피아노 같은 걸 해서 그렇다고, 그러니 너는 누구보다 열심히 공부해야한다는 매일 듣는 결론으로 이어졌다. 예석은 방에 들어가면서 입술을 삐죽거렸다. 엄마가 안 된 건 아빠 같은 사람을 만나서 그렇지. 평생을 가도 뱉어낼 수 없을 말을 삼켰다. 그럴 때마다 꼭 어딘가 따끔거렸다.

수희의 생일파티를 가기 위해 몰래 학원을 빠졌다. 예석은 사귄지 얼마 안 된 수희의 생일파티에 가기는 부담스러워서 학원 핑계로 못 간다고 말했지만, 수희가 꼭 파티에 와달라며 신신당부를 해서 하는 수 없이 말을 바꿨다. 다른 애들은 서로 생일선물로 뭘 줄 건지 얘기하고 있었다. 예석은 가능한 선에서 작은 것을 준비하려던 생각도 바꿔야 했다. 선물을 사느라 이틀이나 저녁을 사먹지 못했다. 제가 진심으로 고마워서 주는 선물이 아니라서 그런지 아깝기도 하고 속상하기도 했다. 문득 제이미에게 작은 선물을 주었던 기억이 떠올랐다. 제가 아끼는 캐릭터 공책이었다. 너무나 아끼던 것이라도 제이미에게 주는 것은 아깝지 않았다. 예석은 제이미 생각이 나면 전화라도 하고 싶었지만 왜인지 점점 용기를 내는 일이 어려웠다.

수희네 집은 학교에서 멀지 않은 아파트였다. 햇볕이 넓게 들어오는 베란다와 화분이 즐비한 거실, 커다란 소파, 연분홍색 침대와 널찍한 책상과 차곡차곡 옷이 개어져있는 옷장이 있는 방까지, 예석은 수희네 집을 구경하면서 거기 있는 모든 것이 부러웠다. 부러워하는 티를 내지 않으려고 얼마나 입매를 굳혔는지 몰랐다. 예석의 선물은 머리띠와 필통이었다. 수희는 친구들이 준 선물을 그 자리에서 바로 포장을 뜯어보았다. 예석은 수희가 얼마나 좋아할지 보고 싶어서 가슴이 두근거렸다.

"나 이거 비슷한 거 있는데." 수희는 시큰둥해했다.

그래도 고맙다고 말하면서 예석에게 웃어 보였지만, 예석은 가슴이 철렁했다. 제가 너무 보잘 것 없는 것을 줘서 친구들이 저와 노는 것을 싫어하면 어쩌지, 걱정이 들었다. 수희네 모부님이 차려준 상엔 평소엔 자주 먹지 못하는 피자, 치킨, 케이크 같은 음식들이 있었지만 예석은 마음이 편치 못해서 잘 먹지 못했다.

돌아가는 길엔 어쩐지 눈물이 났다. 누구에게도 있는 그대로 설명할 수 없는 울적한 기분이었다. 예석은 버스를 타고 집으로 향했다. 집에 들어갔을 때 엄마와 아빠는 이미 예석이 학원을 빠진 걸 알고 화가 난 상태였다. 특히 아빠는 예석을 보자마자 손찌검을 했다. 거실 바닥에 쓰러진 예석은 눈물이 쏙 들어갔다. 네 학원비 때문에 얼마나 더 허리띠를 졸라매고 사는지 아느냐고, 엄마는 학교 급식실에서 일하면서 살이 빠지고 허리 디스크가 생겼다고, 아빠는 화를 냈다. 예석은 속상한 마음에 냅다 소릴 질렀다.

"그러게 누가 학원 보내 달랬어?! 왜 나 때문에 힘들다고 그래? 왜! 누가 나 낳아 달랬어? 나 같은 거 안 낳았으면, 안 힘들었을 거 아냐!!"

예석은 아빠의 일그러진 얼굴을 보기가 무서웠다. 아빠한테 빗자루로 맞는 것도 무서웠다. 그대로 문을 박차고 도망쳤다. 하염없이 달리고 또 달리면서 언제라도 아빠가 차를 타고 쫓아올지 모른다는 생각을 했다. 벌써 사위는 어둡고 고요했다. 이런 조용하고 광활한 시골 동네에선, 언제라도 누가 죽어도 소리 없이 묻히면 그만일 것 같다는 생각을 했다. 눈물이 주룩주룩 흘렀다. 멀리, 더 멀리, 벗어나고 싶었다. 예석은 감리교회 앞에서 버스를 타고 시내로 갔다. 농협 앞에 내려서 공중전화로 제이미에게 전화를 걸었다. 그에게 전화한지가 한참인데도 그 번호를 손에 자동입력 되어있는 것처럼 빠르게 눌렀다.

"예석! 무슨 일이야?"

그 목소리를 듣자마자 다시 눈물이 차올랐다.

예석은 제이미를 보자마자 달려가 덥석 끌어안았다. 한없이 투정부리고 싶은 마음이 울렁거렸다. 그대로 눈물을 글썽이며 다짜고짜 집을 나왔다고 말해버렸다. 제이미는 그 말을 이해할 수 없다는 듯 깜짝 놀란 얼굴로 예석을 쳐다보았다.

예석은 제이미가 저를 위로해주면 울음을 몽땅 터뜨릴 것 같아 꾹 참고 있었다. 그 순간 제이미와 너무나도 가까웠고, 눈높이가 비슷해서 조금 얼떨떨했다. 제이미도 그렇게 말했다. "키가 많이 컸네. 좀만 있으면 나보다도 크겠어." 예석은 얼떨결에 웃었다. 변화무쌍한 예석의 표정 변화에 제이미도 살며시 미소를 머금었다.

제이미는 자신의 집으로 예석을 데려갔다. 예석은 선생님 댁에 가는 건 처음이라 조금 떨렸지만, 전국 시내 어디에나 존재할 듯한 적갈색 벽돌 빌라 건물로 제이미를 따라 들어가면서 긴장이 풀렸다. 중국집 전단지와 대출전화 스티커가 덕지덕지 붙은 녹슨 문을 열고 들어가니 웬걸, 예석은 그렇게나 휑한 집은 처음 본다고 생각했다. 아무리 작거나 허름한 집이라도 세간은 죄 갖추고 사는 모양새인데, 제이미가 사는 집은 자신이 외로운 이방인임을 증명하듯 단출하고 소박했다. 침대 없이 바닥에 요를 깔고 자는 걸 보고 예석은 딱하단 생각까지 했다. 외국에선 입식 생활을 한다던데. 불편하지 않냐고 물으니, 제이미는 처음엔 등이 많이 배기고 힘들었는데 이젠 적응돼서 괜찮다고 말했다.

예석은 제이미가 끓여준 라면을 함께 먹고, 제이미가 준 칫솔로 양치하고, 제이미의 헐렁한 티셔츠를 빌려 입고, 한 장 더 깔아놓은 요 위에 같이 누웠다. 엄마가 잠투정하는 저를 달래기 위해 동화책도 읽어주고 배도 찬찬히 두드려주던 일곱 살 때 이후로 다른 사람과 같이 자는 것은 처음이었다. 그때는 엄마가 세상에서 제일 좋았는데, 지금은 왜 이렇게 됐을까. 아무리 아빠가 그렇게 무섭게 해도 엄마가 제 편이 되어준다면 괜찮을 텐데. 언제부턴지 엄마는 예석에게서 관심을 끊어버렸다. 엄마가 말해주기 전까지 예석은 그 까닭을 영영 알 수 없을 터였다. 예석은 다시금 속이 상했다. 훌쩍이는 소리가 들렸는지 제이미가 부쩍 다가왔다.

"어디 아프진 않아?" 예석이 고개를 젓자, 제이미가 되물었다. "힘들었구나…." 제이미가 예석을 두 팔로 감싸 안아주었다. 예석은 제이미의 긴 팔을 눈물로 적시며 제 고초를 이야기했다. 제이미는 예석의 등을 토닥이며, 하나도 빠짐없이, 온몸으로 이야기를 들어주었다. 예석의 말이 앞뒤가 없고 발음이 뭉개지고 눈물이 섞이고 횡설수설이어도, 제이미는 차분히 들어주었다. 덕분에 그 밤의 이야기들은 세상 밖으로 흩어지지 않았다.

"아까 엄마한테 전화 드렸지?"

"네."

"잘했어, 예석."

"선생님, 내일은 뭐해요? 학교 가요?"

"아니. 놀토잖아."

"그럼 뭐하세요?"

제이미는 잠시 머뭇거리는 듯하더니, 스스로 마음의 결정을 내렸다는 얼굴로 말했다. "옛날 집에 가보려고."

그가 그렇게 말하지 않았다면, 솔직하지 않았다면, 예석은 자신이 제이미에게 아무것도 줄 수 없는 존재라고 생각했을지도 모른다. 제이미에게 미안함만 들어서, 그를 찾는 일이 더 어렵고 힘들다고 느꼈을지도 몰랐다.

"같이 가도 돼요?"

예석은 어느 새 초롱초롱해진 눈으로 물었다.

제이미는 말없이 고개를 끄덕였다.

맑은 눈동자가 스르르 감겼다. 바깥은 가끔 차가 지나가는 소리나 누군가 전화하는 소리가 들렸다. 예석은 잠이 들면서, 제이미의 팔이 무겁게 느껴져 옆으로 치워내고 금방 바깥의 소음과 커튼 사이로 새어나오는 불빛에 적응해 꿈나라로 빠졌다.

* * *

예석은 제이미를 따라 한 번도 가본 적 없는 도시로 가고 있었다. 예석은 외국인인 제이미가 대체 어떻게 초행길을 버스를 몇 번이나 갈아타면서 갈 수 있는 지 신기했다. "그야 몇 번이고 상상으로 가봤으니까." 예석은 그렇게 꺼낸 말 속에 제이미가 얼마나 오랜 시간을 망설이고 고민했는지, 여실히 느낄 수 있었다.

그 도시는 한창 재개발이 이루어지고 있음을 보여주듯이 곳곳엔 회색 아파트 단지가 건설 중이었고 널찍한 육차선 대로는 새로 닦은 듯 아스팔트가 반질반질했다. 어디서든 시멘트와 철골 냄새가 났다. 예석은 그런 냄새부터 조직적이고 도회적인 풍경까지 모든 것이 낯설게 다가왔다. 조금 겁이 났지만, 저보다도 제이미가 더 겁날 거란 생각이 들었다.

"선생님이 한국에서 살았어요? 지금 가는 집이 어릴 때 살았던 집이라는 얘기죠?"

열심히 창밖을 보던 제이미가 고개를 끄덕였다. 그럼 어릴 때가 기억나냐는 예석의 물음엔, 고개를 느리게 저었다. "모르겠어." 제이미는 갑자기 그 모든 게 자신 없고 불안한지 표정이 굳어있었다. 예석은 맞잡은 손에 힘을 실었다. 버스는 골목으로 접어들면서 느려지고, 창밖 풍경은 점차 맑고 단란해졌다.

제이미는 어느 지점에 선 채로 한참을 두리번거리고 중얼거렸다. 그곳엔 4층의 상가 건물이 있었다. 예석도 제이미가 보여준 주소를 보고 주위를 살폈지만 그 건물이 있는 번지수가 맞아서 당황스러웠다. 오랜 고민 끝에 여기까지 찾아왔는데 아무것도 찾지 못하고 쓸쓸하게 돌아가면 어쩌지? 그런 걱정이 그 말간 얼굴에 고스란히 비쳐서 예석을 조금 서글프게 했다. 제이미를 위한 마음은 어떤 비상한 용기를 예석에게 주었다. 예석은 제이미를 더 이상 황망하게 둘 수는 없다는 생각에, 그의 손을 잡고 근처 부동산을 찾았다. 부동산 중개사는 예석이 보여준 주소가 그곳이 맞다고 했다.

"원래는 빌라, 화평빌라가 있었는디 그끄러껜가 화재가 났지 뭐요. 그래서 거 살던 사람들 다 딴 디 가버리고, 어데로 가부렀는지는 내도 모르제."

제이미는 이상하게 극도로 차분한 얼굴이었다. 예석은 그런 제이미가 염려되어, 일부러 더 활발하게 말을 붙였다. 중개사와 몇 마디 더 말을 나누고 부동산을 나서고, 다시 그 건물 앞으로 갔다. 건물 1층에 자리한 미용실 유리창에 두 사람의 모습이 비쳤다. 너무도 다른 두 사람. 살아온 곳도 살아갈 곳도, 품고 있는 감정의 역사도 깊은 꿈처럼 묻어둔 비밀도, 죄 다를 뿐인 두 영혼. 그럼에도 예석은 제이미에게 남다른 애틋함을 느꼈다. 오직 서로만이 알 수 있는 고독이란 향기로 연결되어있다고 믿었다.

예석은 제이미에게 괜찮냐고 물었다. 모든 게 실망스럽고, 아무것도 괜찮을 수가 없는데, 그렇게 물을 수밖에 없는 스스로가 싫다고 예석은 생각했다.

제이미는 잔잔한 미소를 띠고 있었다.

"괜찮아. 여기까지 온 것만으로도 난 정말 잘했다고 생각해. 만약 두려워서 여길 오지도 않았다면 난 평생 후회했을지도 몰라. 그래서 정말로 괜찮아. 최선을 다했어. 그거면 된 거야."

예석은 그 말에 가슴이 뭉클해졌다.

제이미는 예석에게 눈을 맞췄다. 예석은 그의 그 회녹색 눈을, 보석처럼 아름다운 눈을 오래도록 잊지 못할 거라고 예감했다.

"같이 여기까지 와줘서 고마워. 네가 아니었다면 용기를 내지 못했을 거야."

예석은 고개를 도리도리 저었다. 더는 서로에게 미안한 마음이 없기를 바랐다. 예석은 근처 동네를 걸으면 옛날 생각이 나지 않겠느냐며 제이미를 이끌었다. 제이미는 아무것도 기억나지 않았지만, 어렴풋이 나는 것 같다며 거짓말을 하고 말았다. 예석이 좋아라하는 모습을 보면서 덩달아 기분이 나아졌기 때문이었다. 동네는 오래된 것들의 정감을 곳곳에 아직도 간직하고 있었다. 제이미는 기억나지 않는 세 살배기 때 그대로인 고향에 돌아온 듯, 그 모든 포근한 정감을 온몸에 두르고 가슴으로 느꼈다. 짧지만 즐거운 둘만의 여행이었다.

* * *

예석의 집은 시내 근처로 이사를 왔다. 아직 개발되지 않은, 아파트 단지 뒤편의 논밭에 세워진 컨테이너 집이었다. 예석은 그런 집에서 산다는 걸 다른 애들이 아는 게 싫었고 혹시라도 그 아파트 단지 애들과 마주칠까봐 두려워서 다른 먼 길로 돌아서 다녔다.

여덟 명이 함께 우르르 몰려다니던 수희네 무리에서 나온 지는 오래였다. 처음엔 영주와 수희가 한 애가 눈치가 없고 싸가지도 없다면서 무리에서 은근슬쩍 내보내고 따 시키더니, 그렇게 한 명씩 무리에서 쫓겨나는 걸 보면서, 예석은 그에 동조해야 할지 외면해야 할지 몰라 마음이 편치 않았다. 그 중에서 가장 친하던 윤지가 따돌림을 당하자 예석은 스스로 무리에서 나와 버렸다. 수희네 패거리는 처음의 네 명으로 돌아갔다. 그 네 명이서 깔깔 대며 복도를 쏘다닐 때 예석은 다시는 생일파티 같은 건 가지도 말아야지 생각했다. 단짝인 윤지와 둘이서만 다녔다. 윤지는 그림 그리는 걸 좋아하고 교외 대회에서 상도 여러 개 받은 아이였다. 예석은 조용하고 다감한 윤지와 둘이서만 지내는 게 마음 편했다. 덩달아 다른 친구들도 자연스럽게 사귀었다.

시내 쪽으로 이사 온 뒤로는 제이미와 만난 적이 없었다. 예석은 언제든지 학교에 가면, 그 영어교실에 가면 제이미를 만날 수 있다고 생각했다. 제이미는 언제나 그 자리에 있었으니까. 친구란, 그런 존재인 거구나. 예석은 생각했다. 늘 그 자리에 있으면서, 언제든 자신이 찾아가면 반갑게 맞아주고 위로를 주는 존재. 예석은 하나뿐인 특별한 친구인 그를 그렇게 여겼으면서도, 정작 그에게 자신이 그런 존재가 되어주진 못했다. 단지 어리기 때문이었을까. 무엇도 제대로 자리 잡히지 않고 여물지 못했기에, 이미 커다란 나무로 자란 그에게 아낌없이 받고만 싶었던 건 아닐까? 예석은 그를 생각할 때마다, 그런 아쉬움과 그리움을 느꼈다. 돌이킬 수 없는, 소중한 사람에 대한 무한히도 애틋한 마음. 제이미는 제게 늘 애틋한 비밀이었다.

학원 앞에서 마주친 수현은 예석에게 슬러시와 떡꼬치를 사주었다. 원어민 쌤, 캐나다로 돌아가셨대. 처음엔 예석은 말을 잘못 알아듣고 제이미가 죽었다는 줄 알았다. 그게 무슨 말이냐고 물었을 땐, 예석은 제이미가 제게 죽은 것이나 다름없다는 것을 깨달았다. 다시 만날 수도 없게 제이미는 너무나 먼 곳으로 가버렸던 것이다.

"언제? 넌 그걸 어떻게 알았어?"

수현은 조금 당황한 얼굴로 말했다. "저번 주에 수인이 운동회 보려고 갔다가 들었어. 다른 나라 쌤이 온다고 하더라."

예석은 그 학교에, 영어교실에, 제이미가 없다는 것을 상상할 수조차 없었다. 학교에서 제이미와 함께였던 시간은 1년뿐이었지만 그 1년은 제게 깊은 영향을 주었고, 지금까지 그를 알고 지나온 시간은 그러한 조건 없는 사랑과 보살핌이란 누구라도 누구에게라도 나누어줄 수 있다는 것을 느낀 시간이었다. 문득 예석은 한 번도 제이미가 먼저 자신을 찾지 않았다는 사실을 떠올렸다. 예석은 울컥해서 입술을 깨물었다. 아마도 그게 그의 배려였겠지. 더는 투정부리고 속상한 걸 털어놓기만 하는 아이로 남는 게 아니라, 한 발짝 나아간 세상에서 더 많은 사람들을 만나야 하니까.

그럼에도 예석은 제이미에게 고맙다고 말하지 못한 것을 후회했다. 더 많이, 더 진심을 담아서, 그가 넘치도록 느낄 수 있게 고맙다고 말했어야 했는데. 당신이 있어서 외로움만 주었던 좁은 길들을 견딜 수 있었다고. 보잘 것 없는 곳에서 자란 보잘 것 없는 자신을 알아봐줘서, 빛나는 존재라고 말해주어서 고마웠다고.

예석은 제이미가 방학숙제를 위해 알려주었던 이메일 주소로 편지를 썼다. 어떻게 인사도 없이 떠날 수가 있었냐고, 원망하는 말들을 써버렸지만 결국은 다 지워버렸다. 예석은 다시금 주체할 수 없이 슬퍼져서 제이미가 생각났지만, 동시에 그에게 미안했다. 힘들 때만 그를 찾고 위로받으려 했던 제 어린 마음을 돌봐주느라 그는 자신의 이야기를 전해주지도 못했었다. 자신이 본 것은 그의 짧은 편지 몇 장뿐. 예석은 대신 고마운 것들만 얘기하기로 했다. 그리고 마지막 한 줄만 그에게 미안하다고 썼다. 그 모든 고마움보다도 그에 대한 안타까움이 커져버려서, 다시는 그를 기쁘게만 떠올릴 수 없을 듯했다. 미안하다고 말하는 순간 모든 일이 슬픈 기억으로 남아버리기에, 다시는 미안한 일들을 얘기하지 않으리라고 생각했다.

제이미에게 답장이 온 건 몇 주 후였다.

제이미는 먼저 미안하다는 말로 편지를 시작했다. 더 오래 한국에 머물고 싶었지만, 급박한 사정이 생겨 돌아오게 되었다고 했다. 어머니가 위중한 상태에 있다고 했다. 예석은 제이미가 보여주었던 사진들 중 그의 어머니의 모습을 기억했다. 짧은 곱슬머리에 검은 돌처럼 매끄러운 얼굴과 눈동자, 힘차게 활짝 지은 미소, 확연히 다른 생김새이나 어딘가 닮은 구석이 있는 두 모녀의 모습을 기억했다. 그가 떠날 수밖에 없었던 이유를 들으니 감정을 추스를 여지가 생겨났다. 결국 언젠가 떠날 수밖에 없는 이방인이었음을 생각하며, 그의 삶의 궤도에 자신이 한 번이라도 걸려있었음에 감사한 마음이 들었다.

「사람이 가장 슬플 때는, 사랑하는 사람과 모든 걸 함께하고 싶지만 그가 고통 받을 때만은 함께일 수 없다는 것을 깨달을 때라고 생각해. 아무리 그를 위로하고 그의 손을 잡고 있어도, 나는 그의 고통을 느낄 수 없고 그가 사라진다고 해서 나 또한 사라질 순 없어. 그가 세상에 남긴 것들을 보전하고 그를 기억해주어야 하니까. 그게 사랑하는 사람을 진정으로 위하는 거겠지. 어쩌면 엄마의 마지막 모습을 보고 있는 걸지도 모른다고 생각하니 슬프지만, 그렇게 단단해지려고 노력하고 있어.

더는 너와 함께 있어주지 못해 미안하구나. 그렇지만 믿고 기억해주렴. 내가 너와 언제나 함께라는 사실을 말이야. 그건 투명한 진실이고 변하지 않아. 세상 모든 것이, 심지어 너 자신마저도 스스로 그 사실을 의심하게 만들겠지만, 잊지 말고 기억해주기를 바라. 나도 그럴게. 너를 기억하며 살아갈게.」

그에게서 받은 마지막 답장에는, 이 세상에서 오직 저만을 위한 메시지가 담겨있었다.

누구도 저 같은 아이에게는 진심으로 해주지 않을, 그런 말이었다.

「사람은 스스로 변하지 않는다면,
다른 어느 곳을 가더라도 변하지 않아.
네가 있는 곳을 조금만 더 좋아해줘.
그리고 너를 조금만 더 좋아해줘.」

예석은 그 편지를 보며 한참을 울었다. 그가 제게 준 사랑을 잃어버린 것은 아니었지만, 그 사랑을 키워갈 수 없다는 생각에 슬펐고, 더는 그를 알아갈 수 없다는 것에 쓰디쓴 고독을 느꼈다. 그것은 예석이 삶에서 처음으로 실감한 이별이었다. 서로 다른 별에 있는 것처럼 느껴지는 애석한 거리감과 영원처럼 아득한 상실감.

그럼에도 예석은 금방 그 자리에서 일어났다. 더는 울지 않기 위해, 더는 외로움을 괴로움으로 느끼지 않고 그저 친구처럼 늘 곁에 있는 것으로 담담히 받아들일 수 있기 위해, 제이미의 다감한 말들을 바래지 않도록 지키기 위해.

* * *

예석은 고등학교에 들어가고, 수능을 준비하고 대학에 들어가면서, 제이미란 사람을 많이 잊어갔다. 그의 목소리, 그의 말투, 그의 버릇, 알아보지 못했던 그의 힘겨운 노력이 깃든 한국말, 통쾌한 웃음소리……. 그러나 그와 함께였던 시간의 추억들은 생생하게 기억할 수 있었다. 같이 길가에서 따 먹은 보리수 열매의 씁쓰름한 맛과 빨개진 혀를 보고 웃었던 봄, 플라타너스 나무 아래서 처음으로 그의 진심 어린 배려에 감동했던 여름, 황금 들녘 사잇길을 걸을 때 그의 감상을 들으며 거름 냄새 진동하던 그 시골길도 아름다운 세계의 한 장면임을 되새겼던 가을, 두껍게 눈 덮인 길을 지나와 아주 뜨겁고 달디 단 고구마를 나눠먹고 따뜻한 정을 느꼈던 겨울.

그러나 어찌할 수 없는 것은, 자꾸만 파편으로 부서지고 옅어져가는 시절이었다.

스무 살이 되어 집을 떠났던 예석은 아버지가 돌아가셨을 때에야 집으로 돌아왔다. 그것도 잠시, 예석은 다시 곧 떠나갈 생각을 하고 있었다. 이제는 두 번 다시 돌아오지 않을 거야. 그러고 싶어도 그럴 수 없겠지. 예석은 나이 차만큼 서먹하기만 한 동생과 늘 저를 어딘지 부족하고 아쉬운 아이로 바라보는 엄마를 뒤로하고 방으로 들어갔다.

그곳엔 어린 시절의 흔적이 그대로 남아있었다. 뱀의 허물처럼 벗어두고 간, 떠나있던 시간의 무구함만큼 먼지가 켜켜이 쌓인 어린 시절의 유산을 찬찬히 둘러보면서, 예석은 설명할 수 없는 감정에 휩싸이고 말았다. 그곳엔 여전히 그 어린아이가 그대로 남아있는 듯했다. 저와 이름이 같은 아이. 다른 아이들보단 키가 컸지만 늘 시야와 마음만은 작게 졸이고 살았던 아이. 예석은 그 아이를 눈앞에 마주하고 있는 것처럼 마음이 아팠다. 문득 예석은 그 아이에게 그렇게 말해주고 싶다는 생각을 했다.

그 무엇도 너의 잘못은 아니라고.

예석은 책상 서랍 맨 아래 칸에서 졸업 앨범과 편지들을 발견했다. 보고 싶은 얼굴들과 볼 수 없는 얼굴들이 액자에 걸린 듯 무색하게 느껴졌다. 그러다 예석은 그 속에서 가장 그리워했던, 오래도록 잊고 지냈던 소중한 이의 얼굴을 보았다. 사진에 다 담기지 못한 그의 순수한 영혼에서 비롯된 말간 미소와 조금 서늘하지만 다정했던 손길을 기억해냈다. 예석은 자신이 그 시절 그와 비슷한 또래가 되었다는 것을 떠올릴 수 있었다. 그만큼 세월이 흘렀구나. 남들에겐 세월이라 이를 수 없겠지만, 제게는 지독하고 지난할 뿐인, 세세히 질곡만이 펼쳐져 있던 세월이었다.

비로소 실감할 수 있었다. 당신은 어떻게, 이토록 보잘것없는 곳에서, 잠시 스쳐갈 인연인 작은 아이에게, 그토록 찬란한 헌신과 사랑을 줄 수 있었는지. 그저 놀라울 따름이었다. 예석은 메말랐던 마음이 물씬 젖어드는 것을 느꼈다.

밤이 되도록 예석은 어린 시절에 둘러싸인 채 있었다. 그리고 그가 어디에서, 다른 사람들처럼 먹고 마시고 사랑하며 살아가는지 알 수 없었지만, 그리움 가득한 가슴으로 편지를 써 내려갔다. 오랫동안 간직했던 마지막 편지를 보내며, 예석은 어린 날의 자신과도 화해를 했다.

「알고 있나요? 당신이 내게 준 모든 것은 나를 지금껏 살도록 해주었어요. 당신이 내게 얼마나 크고 깊은 의미였는지, 만일 당신이 알았다면 부담스러워했을지도 모르겠어요. 그러니 지금, 오랜 시간이 흐른 후에야 말할 수 있어서 다행이에요.

그렇지만 나는, 당신이 썼던 글에서 하나만은 다르게 말하고 싶어요. 사람이 가장 슬플 때는, 다시 돌아갈 수 없는 시절을 가장 사랑할 수밖에 없다는 사실을 느끼는 때라고 생각해요. 나는 당신과 함께일 때보다 지금 더 나은 사람이 되었지만, 나는 언제라도 당신과 함께일 수 있다면 부족한 사람이 되어도 기쁠 테니까요.

만약 언제라도 어느 낯설고 먼 땅에서 당신을 우연히 만나게 되더라도, 나는 당신을 보면 그렇게 말할 거예요. 당신을 사랑한다고요. 당신을 오랜 시간동안 보지 못했지만, 그때의 나는 당신을 몰랐지만 지금은 그때의 당신을 모두 이해해요, 그래서 사랑한다고 말할 수 있을 거예요.

아마 나는 영원히 당신과 같은 사람은 될 수 없을 거예요. 그래서 나는 당신을 신뢰하고, 당신을 기억해요. 아이들의 웃음소리가 떠나버리고 황량한 공터가 되어버린 그곳이 당신을 추억하는 유일한 묘비처럼 남아있어요. 나는 종종 그곳에 들러 고개를 숙이고 묵념하듯이 당신을 기려요.

기억해주세요. 당신은 늘 내 안에 살아있어요.」

비옥한 무지

윗집에 이사를 온다고 했다. 내가 태어난 뒤로 윗집은 한 번도 빈 걸 본 적이 없었다. 나는 누가 이사를 오는지, 너무 궁금해서 복덕방에까지 다녀왔다. 듣기로는 웬 여자 둘이라던데. 나는 언니인지 아줌마일지 모를 두 사람이 어서 빨리 오기를 바랐다.

 이삿날, 나는 인부들이 부산스럽게 계단을 오르내리며 떠들썩하게 이삿짐을 옮기는 광경을 상상했다. 하지만 그날은 평소와 다름없이 조용했다. 짐은 여자 둘이서만 옮겼다. 나는 조금 실망했다. 이렇게 변화도 재미도 없는 동네에서 그런 일이라도 있어야 구경거리가 생기는 건데. 짐도 얼마 없는지 계단을 몇 번 오르내리고는 끝난 이사에 나는 허무하기까지 했다. 하지만 그 여자 둘이 언니인 걸 보고는 다시금 기대에 차올랐다.

 한 명은 단발머리에 눈이 작고 새초롬한 인상이었고, 다른 한 명은 눈이 부리부리하고 숏트커트 머리를 해서 왠지 위압감을 가진 분위기였다. 둘 다 앳돼 보이는 얼굴이 대학생 같았다. 나는 그 언니들을 보자마자 곧바로 친해지고 싶다고 생각했다.

 동네 사람들은 둘을 보고 자매인가 친척인가 궁금해했다. 어쩐지 닮은 분위기를 가진 탓이었을까. 둘은 왠지 멋쩍어하는 낯으로 친구라고 말했는데, 그걸 왜 쭈뼛거리면서 말하는지 몰랐다. 하여간 남의 일에 참견하기 좋아하는 건 똑같아서, 별의별 걸 다 물어대는 모양을 다 보았다. 그래? 그럼 애인은 있나? 아뇨. 아유, 나이도 언 정도 찼구만. 결혼은 언제 하려고? 하하. 글쎄요. 얼레, 아직도 그 X세댄가 뭔가 여전한가 보아.

 나는 어색하게 웃는 그들의 미소가 어쩐지 목에 걸린 가시처럼 계속 신경 쓰였다.

 그때는 여름방학이라 나는 집을 나갈 일이 별로 없었지만, 어떻게든 나가고 싶어서 이런저런 핑계를 다 대고 꽁무니를 빼곤 했다. 애들과 사거리에서 만나 술래잡기를 하든 놀이터에서 놀든 할 수 있는 건 많았다. 생각보다 자주는 아니었지만, 두 여자와는 간간이 마주쳤다. 그때마다 나는 수줍게 인사를 했고, 두 여자는 내게 의례적이지만 상냥한 미소를 지으며 인사를 받아주곤 했다. 나는 그 느낌이 왠지 좋았다. 그래서 윗집에서 문 여는 소리가 들리길 기다렸다가 일부러 때맞춰 나오기도 했다.

 하지만 더 친해질 계기 같은 건 생길 기미가 없어 보였다.

아무래도 어른인 언니들과 나의 세계는 먹은 밥공기 수 차이만큼이나 크게 달랐으니까, 당연했다. 나는 못내 그게 싫었다. 어서 어른이 되고 싶다고 생각했다. 내 눈에는 그 언니들이 멋져 보였으니까. 그 언니들뿐 아니라 윗집을 거쳐 간 숱한 사람들 모두가 그랬다. 내가 되고 싶은, 닮고 싶은 모습은 매양 내가 바라보는 사람들을 통해 달라지곤 했다.

나는 어떻게 하면 언니들과 친해질 수 있을까 궁리했지만 마땅한 방책이 떠오르질 않았다. 결국 심통이 나서 풀고 있던 학습지에 낙서를 북북 그어버리곤, 엄마가 못 보게 하는 채널에서 하는 통속극을 보았다.

기회란 갑자기 찾아오는 선물 같은 것이었다. 나는 아직까지도 그 말을 믿는다. 물론 그 선물은 동전처럼 양면을 가지고 있다. 라면을 끓여놓고 깜빡 잊어버려선 집을 태울 뻔한 날, 엄마는 잠옷 바람으로 날 내쫓았다. 빤스만 입히지 않은 걸 다행으루 알어! 엄마의 호통에 나는 그제야 내가 혼이 날 만했다는 걸 깨닫곤 크게 울음을 터뜨렸다. 그래 봤자 심각성은 깨닫지 못하고 반성은커녕 서러움에 마냥 눈물바람이기만 했다.

그때, 한 언니가 내게 손짓을 했다. 일을 갔다 오는 길인지, 계단 밑바닥에 쭈그려 앉아있던 나를 보고는 불쌍하단 생각이 든 모양이었다. 나는 눈치를 보다 슬금슬금 언니를 따라 윗집으로 들어갔다. 터벅터벅, 계단 오르는 소리에 이어 철커덕, 열쇠 돌리는 소리와 함께 내 심장이 얼마나 날뛰었는지! 꼭 못된 짓을 하는 것처럼 무서웠다. 동시에 엄마가 금지해서 더 호기심이 이는 드라마를 보는 것처럼 즐거웠다.

영아, 아랫집 애랑 같이 들어가도 돼?

머리 짧은 언니는 허, 웃음을 쳤다.

이미 들여놓고선 뭣 하러 내 허락을 맡아.

그 대화부터, 나는 꼭 두 사람이 우리 엄마아빠 같다고 느꼈다. 서로 주고받는 핀잔에 깃든 애정이나, 툴툴거리면서도 염려와 배려가 묻어난 손짓에서.

단발 언니는 머리 짧은 언니의 허락에 고맙다며 그 언니 엉덩이를 툭툭 두들기고는, 야유를 무시하고 나를 거실로 들였다.

울어서 배고프겠다. 그치?

나는 고개를 세차게 끄덕였다.

라면 끓일 건데, 같이 먹을래?

이번에도 나는 고갤 끄덕였다.

너는 말을 못 하냐?

머리 짧은 언니는 거실 바닥에 앉아 시금치를 마저 다듬으며 테레비를 봤다. 언니는 꼭 내가 굴러온 돌마냥 맘에 들지 않는 모양이었다. 그래서 난 단발 언니가 있는 부엌에서 알짱거렸다.

너어. 그 언니한테 들러붙지 마. 더위 많이 탄다.

그 말은 나를 혼내면서 동시에 단발 언니를 향한 애정이 듬뿍 느껴지는 말이었다.

야. 왜 애한테 그래. 너 그거나 얼른 끝마쳐.

잔소리 안 해도 금방 하거든? 내가 손이 얼마나 빠른지 알면서.

얘가! 못 하는 소리가 없어!

푸훗, 나는 그만 웃고 말았다. 우리 엄마아빠가 하는 것 같은 능글맞은 대화를 언니들이 하고 있는 게 웃겨서.

왜 웃냐?

쓰읍, 애한테 그만해라. 애, 이거 접시 좀 들고 가서 앉아.

나는 순순히 접시와 수저를 들고 거실에 놓인 낮은 걸상에 내려놓았다.

넌 안 먹을 거니?

응, 안 먹는다.

이따 배고프다고 혼자 배곯지나 말고.

먹기나 하셔.

머리 짧은 언니는 내내 부루퉁한 얼굴로 나와 단발 언니를 힐끔힐끔 쳐다봤다. 단발 언니는 시선이 전혀 신경 쓰이지 않는다는 양 라면을 먹으면서 내게 김치를 잘라주는 데 집중했다. 나는 라면과 김치와 함께 언니의 상냥함을 잘도 받아먹으면서 맑게 웃었다. 언제 그렇게 세상이 떠나가라 서럽게 울었냐는 듯이.

그날을 시작으로, 나는 자주 윗집에 놀러 가게 되었다. 주로 집에 있는 건 머리 짧은 언니였고, 단발 언니가 없을 때는 조금 긴장도 되었지만, 그래도 머리 짧은 언니가 인상이 무섭고 말을 무뚝뚝하게 해서 그렇지 나한테 나쁘게 굴지는 않았다. 오히려 며칠 지나고선 나한테 하드 먹겠냐고 물어보곤 비비빅도 주고 부라보콘도 줬다. 그리고 가장 좋은 건, 나 보고 맘껏 테레비를 보라고 해준 덕분에 기쁜 맘으로 드라마를 볼 수 있다는 것이었다.

어느새 머리 짧은 언니와 나는 함께 드라마를 보는 친구가 되어있었다. 번갈아 시답잖은 말을 지껄이거나 못된 놈을 욕하면서.

영이 언니, 저 사람은 남자야 여자야?

화면에 나오는 사람은 머리가 짧았지만 가슴께가 불룩하니 여자인 것 같으면서도, 또 목소리는 낮고 목젖이 나와 있는 것이 남자 같았다.

남자든 여자든 뭔 상관이야. 그걸 꼭 알아야 드라마를 보니?

이유를 알 수 없었지만, 언니는 왜인지 짜증이 난 듯했다.

하긴, 남자겠지. 차 경리가 저 사람을 좋아하는데 저 사람이 여자일 리가 있어?

나는 당연히 그렇게 생각했다. 뭐가 남자고 뭐가 여자인지 그 어린 나이에도 구분을 지어 생각하도록 자라온 결과였다. 하지만 내 옆에 앉은 언니를 보면 또 그게 맞지 않을 수도 있다는 생각에, 마음이 좀 불편해졌다.

언니는 여자 맞지?

그럼. 내가 남자겠어?

머리가 짧잖어.

그럼, 임재범이나 김경호 같은 락 가수들은, 여자게? 난 남자야 부른 박지윤은 남자고?

반박하고 싶은 기분이 들었지만, 틀린 게 없어서 따질 수 없었다.

언니랑 언니는 진짜로 자매 아니야? 둘이 나이가 다른데 어떻게 친구야?

그럼 너랑 나는? 너는 날 보고 건방지게 친구 하자고 그러더니. 발랑 까져 가지고선.

아, 그르쿠나.

나는 금방 이해한다는 듯 고개를 끄덕였지만, 사실 다 이해하진 못했다. 내가 머리 짧은 언니에게 친구를 하자고 한 건

같이 드라마를 보자는 얘기였고, 진짜 친구라면 서로 야, 라고 부르고 가끔은 주먹다짐을 하면서도 누가 아프다고 하면 괜찮냐고 전화하는 그런 게 아닌가. 내가 보는 두 언니는 친구라기엔 더 가깝고, 그게 아니라기엔 알 수 없는 묘한 사이로 보였다.

얘! 너 또 거기 가 있니?

엄마의 부름에 나는 화들짝 놀라 현관을 나섰다.

언니, 담에 또 봐.

나는 매번 그렇게 인사하고 언니는 담엔 맛동산 사와, 라고 인사했다.

계단을 내려가 쪼르르 집으로 돌아가면 엄마는 꼭 한소리를 했다.

왜 또 윗집에 가서 폐를 끼치고 그래. 너 숙제는 다 했어? 꼭 다 하고서 놀라 그랬지.

나는 엄마가 꼭 그렇게 한소릴 하는 이유가 날 나무라기 위해서만이 아니라 윗집에 눈치를 주는 것도 있다는 걸 느꼈다. 왜 그런지는 알 수 없었지만, 엄마는 왜인지 두 언니를 영 맘에 들어 하지 않는 눈치였다. 요새 허구한 날 술 먹고 들어오는 아빠랑 사이가 나빠져서 기분이 안 좋은데, 윗집에 남의 가정사 보이는 것도 싫고 또 그 둘이 하하호호 하고 노는 게 얄미워 보여서 그러나 싶을 뿐이었다. 가끔 엄마가 버릇처럼 하는 말을 들으면 그렇게 짐작할 만했다. 꼭 저 둘이, 옛날에 나랑 진성이 같다 야. 진성이? 왜 그 평주에 사는 이모 말야. 엄마 친구. 아아. 그때 엄마 얼굴은 어찌나 쓸쓸해 보이는지, 그런 표정을 지을 때마다 나는 엄마를 꼭 안아주고 싶다는 생각이 들곤 했다. 하지만 실제로 엄마를 안아주진 못했다. 그러고 보면 두 언니는 그 더운 날에도 참 잘도 둘이 껴안고 지내던데.

두 언니는 사이가 무척 좋아 보였다. 물론 항상 좋은 건 아니었다. 사람 사는 게 다 그렇듯이. 언제는 아래까지 대판 싸우는 소리가 들려서 심상찮은 분위기기에 살피러 올라갔다가, 머리 짧은 언니가 통곡하는 모습을 보았더랬다. 나는 머리 짧은 언니가 절대 울지 않는 사람인 줄 알았는데, 그렇게 우는 걸 보고 깜짝 놀랐다. 그리고 멀찍이서 가빠진 호흡을 고르면서도 절대로 눈물 흘리지 않는 단발 언니를 보면서는 저렇게 착한 언니가 퍽 무서운 면도 다 있구나, 역시 사람은 다양한 모습이 있구나, 하고 생각했다.

가끔은 대체 뭣 땜에 싸우는 건지 궁금해서 몰래 엿들으러 가면, 별것도 아닌 걸로 싸우는 게 다 들렸다. 너 또 실장님이랑 술 마셨어? 내가 그러지 말랬지! 몇 번을 말해! 바보 천치야? 그렇게 말해도 못 알아 처먹으면 천치 맞지! 내가 왜 천치야, 대학도 못 간 네가 천치겠지! 뭐야? 그건 그 망할 수능 때문이지 내가 천치라서가 아니라고, 것도 몇 번을 얘기해! 꼭 그렇게 싸우고서는 얼마 안 있어 똑같은 말로 화해를 하곤 했다. 언니, 내가 잘못했어. 아냐. 영아. 내가 못 할 소릴 했지 또. 다신 안 그럴게. 언니…. 그러면서 부둥켜안는 모습, 꽤 여러 번 봤다. 그때마다 나는 어찌나 눈꼴이 시렵던지! 둘이 대체 왜 그러고 있는 거냐고 한소릴 하면, 꼭 영이 언니가 단발 언니를 더 꽉 끌어안고선 나를 째려보곤 그렇게 소릴 질렀다.

애는 어른들 얘기에 끼지 말고, 얼른 잠이나 자러 가!

그렇게 말하면 내가 질 줄 알고? 물론 이길 수 있는 법도 없었다. 혼자 분해서 씩씩대며 계단을 내려가 방으로 들어가서는, 얼른 잠을 자야 키가 크고 또 키가 커야 어른이 될 수 있겠지 생각하며 마음을 다스리는 것밖에는 할 수 있는 게 없었다.

하지만 어른이 되는 게 그리 좋지만은 않다는 걸, 언니들은 내게 퍽 자주 말해주고는 했다.

사는 건 참 쉽지가 않아. 안 그러니?

그건 영이 언니보다 단발 언니가 더 자주 하는 입버릇이었다.

너도 그렇잖아. 얘, 너 하루에 숙제 몇 개나 있어?

국어 쓰기랑, 읽기랑, 산수랑, 또 사회랑……

것 봐라. 너 같이 어릴 때부텀 그렇게 공부를 못 시켜 안달, 사람을 못 잡아먹어 안달로 구는데. 야, 애들은 놀아야 해. 그러니까 여기선 절대로 숙제 같은 건 할 생각 말고, 놀아!

그렇게 말해주는 언니들이 있어 얼마나 좋았는지 모른다. 그곳에만 있으면, 언니들의 집, 언니들의 보동보동한 세계에만 있으면, 나는 무엇이든 내 맘대로 할 수 있고 하고 싶은 걸 다 할 수 있는 사람이 된 기분이었다. 가슴이 풍선처럼 부풀어서, 그대로 하늘 꼭대기로 날아갈 듯했다.

그 둘이 윗집을 떠난 건, 이사 온 지 딱 2년이 된 여름이었다.

나는 엄마를 붙잡고 언니들 가지 않으면 안 되냐고, 계속 윗집 아랫집 이렇게 사이좋게 살면 좋지 않으냐고 묻고 떼를 썼지만, 엄마는 퉁명스럽게 대꾸했다. 그 둘이 나간대서 나가게 하는 건데 뭘 그러느냐구. 나는 그 말이 퍽 서럽게 들려서 엄마한테 토라져선 윗집으로 올라가버렸다.

윗집에 올라가고 더 위로 올라가면 옥상이 있었다. 온통 잔디밭처럼 초록 일색인 옥상에서는 마을이 한눈에 보였다. 우리 집이 높은 지대에 자리한 덕도 있지만, 층고가 두텁고 높은 탓에 더 전망이 좋은 것도 있었다.

혼자 여기서 뭣 하고 있냐?

내가 기분이 안 좋을 때만 옥상에 올라간다는 걸 언제부터 알았는지. 영이 언니가 내 옆에 나란히 섰다. 그리고 먼 하늘을 올려다보며 좋다아, 하고 감탄을 뱉었다. 참 실없어라. 나는 그렇게 생각하며, 다른 원망할 데가 없어 언니를 원망하듯이 매섭게 쳐다보았다.

왜 그런다니? 그리고 입을 조각지처럼 다물고 있으면 아―무도 모르는데. 그렇게 세상 시름을 혼자서 다 안고 있으려면 참 힘들겠다 야.

나는 다시금 차오른 서러움에 못 이겨 냅다 성을 냈다.

이제 여기서 안 산다며! 흥! 이제 언니랑 나, 친구 아니야!

나는 그만 계단을 내려가려고 했다. 그런데 영이 언니가 날 붙잡고선 그만 품에 휙 안아선 높이 드는 거였다.

아아! 내려줘어!

더 높이 있으면 전망이 더 이뻐 보이지 않냐.

싫어! 내려달라니깐!

나는 싫다고 했지만, 기실은 좋았다. 그렇게 좋을 수가 없었다. 꼭 더 어릴 적에 아빠가 무등을 태워주던 것처럼 기분이 좋았다. 나는 그만 눈시울이 시큰거렸다. 마음도 바늘로 쿡, 쿡, 찌르는 것처럼 따가웠다. 그런 기분은 처음이었다. 너무 좋은데, 너무 슬픈 기분.

언니들이 이사를 가기 전날, 나는 엄마를 조르고 졸라서 겨우 허락을 받아냈다.

언니야들!

바로 언니들의 집에서 언니들과 같이 하룻밤을 자는 거였다.

우리는 거실에 이불을 넓게 펴고, 베개를 나란히 세 개 놓고선 누웠다. 열어놓은 창문 너머로 선선한 바람이 불어왔다. 그 바람은 우리 셋을 하나로 감싸주고 안아주는 느낌으로 다가왔다가, 그 포옹을 아쉬워하는 인사처럼 미지근하게 사라지곤 했다.

하드를 두 개씩 먹고선 테레비를 보며 누워 있는데, 단발 언니가 그랬다.

참, 오늘 별똥별이 떨어진댔는데.

별똥별? 그게 뭐야?

있어. 하늘에서 별이 떨어지는 거다.

별이? 왜?

영이 언니가 내게 복숭아를 깎아 입에 넣어주며 말했다. 몰라, 그건. 아무튼 그걸 보면서 사람들이 소원을 빌어. 그러면 그 소원이 이뤄진대.

우와, 무슨 생일 같은 거야? 별똥별이 생일인 거야?

푸핫, 그런 건 아니다. 바보야.

바보라고 하지 마!

바다의 보배라고 한 거거든.

영이 언니와 난 유치한 말싸움으로 투닥거렸고, 단발 언니는 커튼을 끈으로 묶고 옆으로 바짝 치웠다. 그리고 별똥별이 떨어지는 걸 보자면서 우리를 베란다로 이끌었다.

우리가 우리일 수 있는 시간이 고작 몇 시간도 안 남았다니. 그땐 그렇게 선명한 생각을 짓지 못했지만, 나는 어렴풋이 진심으로 아쉬워하고 있었다. 어쩌면 알고 있었을 테다. 그 밤이 우리의 마지막 놀이며 반짝하고 잊혀갈 추억이라는 것을.

어! 저기! 떨어진다.

나는 얼른 단발 언니가 알려준 대로 눈을 꼭 감고 두 손을 모았다. 그리고 소원을 빌었다. 영이 언니가 이메일 답장을 잘하게 해주세요. 제가 밉다고 답장을 안 하면 꼭 나쁜 일이 생기게 해주세요. 그렇게 소박하지만 고약한 소원을 비는 줄 알았다면, 언니들은 내게 별똥별과 소원 비는 일에 대해서 알려주지 않았을지도 모른다.

얘들아, 너희 무슨 소원 빌었어?

단발 언니가 내 어깨를 간질이며 물었다. 나는 꿈쩍도 하지 않았다. 대신 영이 언니가 날 대변하듯 말했다.

안 돼! 소원은 말하면 안 이뤄진댔어.

얘는. 그런 게 어딨어.

진짜야.

그래. 그럼 영원히 죽을 때까지 너 혼자서 간직해라.

아, 언니!

둘이 또 유치하게 싸우기는. 나는 아직 잠들지 않았지만 잠든 척을 하고 있었다.

하지만 금방 잠이 들었다. 언니들의 목소리를 더 듣고 싶었는데. 언니들과 함께 보내는 여름방학의 끝자락을 더 선명하게 간직하고 싶었는데. 대신 잠결에 들은 건 조금씩 아득하게 멀어지는 말소리였다.

진짜로, 소원 뭐 빌었는데? 그것도 말 못 해주니?

아이…. 별 거 아닌데 왜 자꾸 잡고 늘어져.
뭔데 그래!
아 왜…… 언니랑 결혼하게 해달라고 그랬지 뭐야.
…….
막상 이사 간다니까 아쉽다.
그러게.
그래도 여기서 참 즐거운 일 많았어. 그렇지?
맞아. 생각보다 동네 사람들도 좋았고. 주인아줌마랑 아저씨도 잘해주시고.
…….
무지 그리울 거야.
그렇겠지.
 그 말소리를 끝으로 내 기억 속의 그 밤은 검은색 크레파스로 칠해져 있었다.
 이튿날, 나는 언니들이 싸둔 짐을 옮기는 북적대는 소리에 잠에서 깨었다. 깨자마자 언니들이 떠나려는 모습을 보고 있으니까 너무 슬퍼서 그만 엉엉 울어버렸다. 볼썽사납게도. 하지만 언니들은 내가 울어도 볼썽사납다고 하지 않았다. 늘 내게 툭툭 장난을 걸고 놀리던 영이 언니도 그날만은, 날 놀리지 않고 그저 품에 안아주고 달래주었다.
왜 울고 그래. 아예 못 보는 것두 아닌데.
 그렇게 말하면서도 언니는 다 알고 있었을 것이다.
 파란색 트럭 뒷칸에 짐을 다 싣고, 언니들은 떠날 채비를 했다. 아빠는 어제 또 밤늦게까지 술을 진탕 마시고 들어와서 늦잠을 자고 있느라 못 나왔고, 대신 엄마가 마중해주었다.
조심해서들 가요. 어디 가서든 잘 살고. 의례적인 말투와 내

용이었지만, 내가 들은 엄마의 말 중에선 가장 따뜻한 말이었다. 그래서 엄마에게 고마웠다. 나는 엄마의 허릴 꼭 끌어안고선 언니들에게 마지막으로 인사를 해도 되냐고 물었다. 엄마는 그러라며 언니들을 불러 세웠다.

단발 언니와 껴안고는 눈물이 또 왈칵 쏟아질 것 같았다. 하지만 겨우 꾹 참았다. 나는 언니한테 쓴 편지를 손에 쥐어주고선, 꼭 답장을 보내달라고 부탁했다. 단발 언니는, 현이 언니는 꼭 그렇겠다고 대답하며 환하게 미소 지었다. 정말 눈이 부셨다.

영이 언니는 나를 안아 들어 올렸다. 언니는 나를 안고 몇 바퀴를 돌더니 어지럽다며 헤헤 웃었다. 나도 같이 웃음을 터뜨렸다. 나는 언니의 그런 재미남이 좋았다. 그 남다른 면모가 가장 그리울 터였다.

야. 내가 얼마 전에 그런 책을 읽었는데. 지금 생각이 났다. 그게 뭐냐면, 사람이 바라는 건 입 밖으로 계속 말해야만 이루어진단다. 그렇게 말을 씨불이고 다녀야지 세상이 듣고 길을 열어준다고.

그래서 그런데, 무슨 소원 빌었는지 알려줄래? 영이 언니가 특유의 개구진 미소로 말했다. 나는 언니의 품에서 내려와선, 언니의 귓가에 속삭여주었다.

언니 소원이 꼭 이루어지게 해달라고 빌었어.

그건 내가 한 가장 멋진 거짓말이었다.

영이 언니는 잠시 얼떨떨해하는 표정을 짓고 아무 말도 못했다. 그러다 눈시울을 글썽이고는 나를 한 번 더 안아주었다.

현이 언니는 내게 답장을 보내왔다. 이사를 간 지 한 달이 지난 무렵이었다. 나는 현이 언니에게 답장을 쓰면서, 영이 언니에게는 이메일을 썼다. 그즈음 나는 컴퓨터를 배워서 이메일을 주고받는 재미에 푹 빠져 있었다. 현이 언니는 컴퓨터를 못 한대서 할 줄 아는 영이 언니하고만 이메일 주소를 주고받았다. 우리는 그 후로 삼 년이 넘도록 이메일을 주고받으며 연을 이어갔다. 하지만 내가 고학년이 되고, 중학생이 되면서 이사를 가고, 그렇게 조금씩 연결이 옅어지면서 어느새 내게는 그들이 지난 어린 시절의 추억으로만 남게 되었다.

그러다 문득문득 내 곁의 친구에게 아련한 애틋함을 느낄 때면 꼭 그 두 사람이 떠오르고는 해서, 어느 날 불현듯 편지를 보내야겠다는 생각을 했다. 하지만 편지는 주소 오류로 반송되었고, 우리가 이메일을 주고받던 야후는 서비스를 종료한 뒤였다.

그렇게 나는 두 사람을 잃어버렸다. 하지만 영영 잃어버린 것은 아니라고, 나는 여전히 그들을 기억 속에 간직하고 있다고 믿고, 그 믿음을 지키고 있었다.

내 기억 속 두 사람은 가장 비옥한 마음을 가진 가족이었다.

나는 지금에 와서야 참말로 깨달았다. 그 모든 날들과 그들이 내게 준 모든 것이 사랑이었다고. 나는 아무것도 모르는 채로, 그 감격에 겨운 사랑을 온몸으로 넘치게 받고 있었다고. 그들보다 누군가를, 무언가를 더 사랑할 수 있는 사람들은 또 없을 거라고.

나는 똑같은 주소로 다음과 네이버로 메일을 보냈다. 가 닿을지 알 수 없지만, 어떻게든 마음을 쏟고 싶었다. 떨어지는 별똥별에 소원을 빌던 날처럼, 나는 인터넷의 홍수 속에서 우리가 같은 파도에 오른 채로 이어져 있다고 믿었다. 믿는 그대로 마음을 전하고 싶었다. 언니들 덕분에 나는 사랑을 알 수 있었다고. 고맙다고. 나도 사랑할 줄 아는 사람으로 살아가겠다고.

어느 날, 내게 메일 한 통이 왔다.

오랜만. 영이 언니다.

나는 제목만 보고도 기뻐서 그만 눈물이 났다.

담담한 저주

정목은 사람들에게 자신이 태어났을 때를 기억한다고 말하고 다니곤 했다. 그때마다 사람들은, 대체로 어른들은 웃었고, 아이들은 비웃는 반응이었다. 화를 내는 것 같기도 했다. 남다른 자의식을 가지고 있다는 게 마음에 들지 않는다는 양. 그럼에도 정목은 꾸준히 자신이 태어날 때를 묘사해서 얘기하곤 했다. 그 묘사는 시간이 갈수록 더 세세해지곤 했는데, 그것은 섬세하다 못해 께름칙할 정도였다. 엄마의 주름진 질을 뚫고 나올 때 짱돌 같은 머리를 들이미느라 얼마나 힘이 들었는지, 제 온몸을 밀어내는 압력에 끌려 나가면서 여린 살이 쓸리는 게 얼마나 아팠는지, 그리고 마침내 엄마의 몸 밖으로 나왔을 때 처음 마신 공기가 얼마나 시원하고 상쾌했는지, 따위를 늘어놓는 정목의 얼굴은 금세 붉어지곤 했다.

간증하듯 이어지는 이야기는 진실처럼 생생한 냄새가 났다. 간혹, 믿는 사람도 있었다.

그중 가장 열렬한 신도는 바로 서란이었다.

하지만 정목은 서란이 제 얘기를 믿어주고, 듣고 싶어 하는 데에 꺼림칙해 했다. 그래서 잘도 다른 거짓말을 지어내 들려주곤 했다. 제 얘길 믿지 않도록 하기 위해. 정목은 언제든 서란의 앞에선 얼굴빛이 하나도 변하지 않았다. 물론 때때로 거짓에는 일말의 진실이 포함되기도 하는 법이다. 그래야만 더 그럴듯해 보이니까.

정목이 기억하는 건, 제가 태어날 때가 아니라 서란이 태어난 즈음이었다. 서란이 태어났을 때, 정목은 네 살이었다. 정목은 제가 태어난 병원에서 태어난 서란이 우렁차게 우는 소리를 들었다. 큰언니 정희의 품에 안겨 있던, 쭈글쭈글하고 빨갛고 못생긴 얼굴을 보았다. 한 번 가서 보라는 엄마 성옥의 말에 가까이 다가갔을 때는, 누에고치처럼 포대기에 싸인 그 몸에서 문뱃내 같은 것을 맡았다. 절로 찡그린 표정을 지었더랬다.

왜 그래?

정희가 물었다.

이상한 냄새 나.

정목의 대답에 정희의 얼굴엔 환한 웃음이 어렸다.

웃긴다. 얘, 너도 그랬어.

정목은 아니라고, 그렇지 않다고, 자신은 저렇게 냄새가 나지도 않았고 못생기지도 않았다고 그랬다. 그러다 저도 모르게 울음을 터뜨렸다. 바로 엄마의 품에 안겼지만, 꼭 엄마에게서도, 갓난애의 것과는 달랐지만 이상한 냄새가 나는 것 같앉다. 그게 뭔지 설명할 수 없어 더 서러웠다. 엄마의 팔 사이로 정희의 개운해 보이는 얼굴을 보았다. 큰언니에게선 좋은 냄새가 날 것처럼 보였다.

얼마 지나지 않아 서란은 정목의 집으로 왔다. 정희가 다시 일을 나가야 했기 때문에 성옥이 서란을 봐주기로 한 것이었다. 그 집은 붉은 벽돌로 쌓은 담벼락 안에 두 평 남짓 될까 말까 하는 작은 마당이 있고, 대문은 옥상에 바른 것과 똑같은 초록색 페인트로 칠해져 있고, 슬레이트 지붕이 남아있는 변소가 바깥에 있었다. 정목이 태어나기 전, 아니 정희가 태어나기 전부터 살았던 낡은 집이었다. 정목은 첫째 정희와 셋째 정수가 쓰던 방을 혼자 쓰고 있었다. 하지만 서란이 오자 방을 같이 쓰게 되었다. 침대와 책장과 옷장을 두고도 넓어서 좋았던 방에, 아기 침대가 들어서자 방이 좁게 느껴졌다. 그 침대도, 정규가 태어날 적에 샀던 것으로 오래된 것이었다. 정목도 그 침대에서 울고 또 우는 삶을 살았었다. 정목은 늘 언니들이 쓰던 물건을 물려받는 게 싫었는데, 서란에게 제가 쓰던 것을 물려주는 것도 싫었다. 제 것이란 건 없는데도, 제 것을 빼앗기는 기분이 들었다.

서란을 정수 언니의 방에 들이면 안 되냐고 떼를 썼지만, 성옥은 고등학생인 정수의 방에 아기를 들일 순 없지 않느냐고 말했다. 정수의 방은 원래 오빠 정규의 방이었다. 정규가 대학교 기숙사에 들어가면서 정수의 방이 된 것이었다. 그즈음 정수는 사춘기를 극심히 겪고 있었다. 공부는커녕 학교는 심심찮게 빠지기 일쑤에 동네 안팎으로 남자애들과 오토바이를 타고 쏘다닌다는 얘기가 들려오곤 했다. 그러다 집에 오면 정수는 아버지 태수에게 흠씬 두들겨 맞았다. 그럴수록 정수는 더 집에 오지 않으려고 했다. 그런 정수의 심기를 거스르지 않기 위해서도, 갓 태어난 서란과 오래된 아기 침대는 정목의 방에 두어야 했다. 정목은 아버지만큼이나 언니를 무서워했기 때문에 군말 없이 현실을 받아들일 수밖에 없었다. 하지만 불만은 불안과 함께 나날이 자라는 키처럼 무럭무럭 자라났다.

정목은 유치원을 다니는 것이 좋았다. 집에서 나올 수 있었고, 친구들을 사귈 수 있어서 좋아했다. 하지만 성옥이 자신을 데리러 오는 것은 싫었다. 친구들이 엄마를 보면 너희 할머니냐고 물었기 때문이었다. 가끔은 정희가 데리러 오기도 했는데, 친구들은 정희를 정목의 엄마로 알고 있었다. 정목은 그 착각을 굳이 바로잡아 주지 않았다. 엄마는 나이가 많이 들었고 늘 옷차림도 추레했지만, 정희는 젊었고, 직장에서 바로 오느라 세련된 차림이었다. 정목은 종종 성옥이 아니라 정희가 제 엄마였으면 하고 바랐다.

정희의 손을 잡고 집에 오면 서란이 있었다.

엄마아! 하고 달려와서 정희의 허벅지를 안는 서란은 행복해 보였다.

정목은 거실에서 양파를 까고 있는 성옥에게 가다가 멈칫했다. 눈물이 핑 돌았다. 엄마, 하고 불렀지만 성옥은 드라마 재방송을 보느라 정목을 보지도 않고 대꾸했다. 왔어? 그건 저를 향한 게 아니라 정희를 향한 것이었다.

엄마. 파랑 가지 사왔어.

어어, 잘했어. 거기 상에 놔.

각기 다른 '엄마'가 한순간에 놓여 있는 장면이 퍽 기이하게 느껴졌다. 누군가는 딸이란 이름밖에 모르는 동시에 누군가는 오로지 엄마일 수밖에 없는 현실의 단면에선, 양파와 찌개 끓이는 냄새가 진동했다.

정희는 성옥이 차린 저녁을 먹고선 서란을 집으로 데려갔다. 정목은 그 저녁 시간이 하루 중에서 제일 싫었다. 정희가 저녁을 먹고 가는 건, 늙은 엄마에게 아이를 맡긴다는 부채감과 그럴 수밖에 없는 현실에 대한 불만을 안은 채로, 성옥이 원하는 바를 들어주기 위해 어쩔 수 없이 하는 일이라는 걸 모르면서도 그랬다. 그 식사 자리에서 유일하게 아무런 근심도 불편도 느끼지 못하는 건 세 살배기 서란과, 딸이 수저와 반찬을 놓고 아내가 밥을 해주는 것이 당연한 태수뿐이었다.

그래도 좋은 건 딱 하나 있었다. 가끔 정희가 가는 길에 장을 보곤 하는데 그때 먹고 싶은 걸 사달라고 할 수 있는 것이었다. 성옥은 대체로 정목이 무언가를 사달라고 조르면 잘 들어주지 않았다. 막내딸이라고 오냐오냐해선 안 된다는 생각이었다. 정목은 성옥이 들어주지 않는 것을 정희는 무조건 들어준다는 것을 알게 된 후, 정희를 이용해왔다. 정목은 기다란 분홍색 소시지를 가장 좋아했다. 정희는 그걸 사다가 적당히 잘라선 계란물에 부쳐주었고, 정목은 소시지를 맛있게 먹으면서 우유나 먹고 있는 서란을 보고 웃고는 했다. 서란은 그저 눈만 말똥말똥 뜬 채로 주위를 볼 뿐이었다.

초등학교에 들어가고, 정목은 더 많은 친구를 사귀었다. 정목은 대체로 활발하고 외향적인 아이였다. 하지만 집에만 오면 그 명랑한 기질이 기를 펴질 못했는데, 그러한 까닭에는 서란도 한몫을 했다. 성옥은 갈수록 몸이 좋질 않다는 걸 느꼈다. 그래서 정목이 학교에서 돌아오면 서란을 돌봐주길 바랐다. 정목은 그게 싫어서 어떻게든 핑계를 대고 일거리를 만

들어서 최대한 늦게 하교하고는 했다. 선생님은 교실 뒤편의 게시판을 꾸미는 일도, 귀찮을 법한 심부름도 기꺼이 하려는 정목을 칭찬했지만, 정목은 그저 놀고 싶을 뿐이었다. 학원 버스를 기다리는 애들과 땅따먹기나 한발뛰기를 하면서 노는 것이 가장 큰 재미였다. 하지만 샛노란 학원 버스가 와서 애들을 태우고 가면, 정목은 혼자가 되었다. 정목은 애들이 다니는 피아노나 태권도 학원을 다니고 싶었지만, 집에선 정목을 학원에 보내주지 않았다. 성옥은 그럴 돈이 어딨느냐고 했고, 태수는 여자애가 학교만 다니면 됐지 뭘 더 하냐는 소리를 했다.

정희는 정목이 삼학년이 될 즈음부터 회사 일이 더 바빠졌다. 서란은 정목의 집에 있는 날이 많았다. 때로는 정희의 남편 형준이 서란을 데리러 오기도 했지만 그 횟수는 손에 꼽을 정도였다. 정목은 형준이 성옥과 태수를 대하기 불편해하고, 그래서 잘 오려고 하지 않는다는 걸 알았다. 그래서 형준이 싫었다. 왜 서란을 데려가지 않아서 절 힘들게 하는지. 정목은 친구의 집에 놀러 가는 일도 맘대로 할 수 없었고, 어쩌다 친구의 집에서 자고 가고 싶어도 그럴 수가 없었다. 성옥은 정목이 그런 걸로 조를 때마다 서란인 어떡하냐고 대꾸하곤 했다. 정목은 결국 집에 돌아와선 일찍 잠드는 성옥 대신 서란에게 밥을 먹이고, 서란이 이상한 걸 집어먹거나 넘어져서 다치진 않는지 지켜봐 주어야 했다. 서란은 걸음마도 말 트는 것도 또래보다 늦은 편이었다. 정목은 그런 서란이 혹시 바보는 아닐까 싶었다. 다행히 서란은 이상한 걸 집어먹지도 않았고 넘어지는 일도 잦지 않았다. 그럼에도 정목은 서란을 혼자 둘 수 없었다. 정목은 서란을 옆에 두고 실컷 만화영화나 보자고 스스로 위안했다. 그것밖에는 재미있는 것도, 위안 삼을 것도, 서란을 잊을 수 있는 것도 없었다.

그러다 태수가 들어오면, 정목은 얼른 다른 채널로 돌렸다.

또 그런 거나 보고 앉았냐.

정목은 괜히 옆에 잠들어있는 서란을 물끄러미 보았다.

애 데리고 얼른 들어가라.

정목은 부루퉁한 얼굴로 서란을 안고 방에 들어갔다. 그러면 밖에선 뉴스 보는 소리가 들렸다. 태수가 제가 만화영화 보는 걸 싫어하는 게 아니라, 그냥 저를 귀찮아하는 거라는 생각이 들었다. 곧 있으면 디지몬 하는데. 어느새 너무 딱 맞아서 불편해 보이는 아기 침대에서 잠든 서란을 두고, 정목은 조용히 훌쩍였다. 방을 가득 채운 어둠에도 무섭지가 않았다.

언니, 하는 소리가 들렸다. 언니보다는 엉니에 가까웠다. 정목은 그 소리가 어찌나 듣기 싫던지 못 들은 체하고 가만히 있었다. 하지만 곧 서란이 침대에서 얼굴을 내밀고 정목을 불러댔다. 엉니, 엉니이. 정목은 귀를 막고 싶은 심정이었지만 이상하게도 손 하나 까딱할 수 없었다.

언니, 언니 하지 마. 나 네 언니 아니야.

서란은 영문을 모른다는 표정이었다.

그럼 뭐라고 불러?

정목은 입술을 앙다물고 있다, 겨우 말했다.

그냥, 부르지 마. 제발 나 좀 부르지 말란 말야.

정목은 그대로 깡마른 팔을 오므린 다리 위에 포갠 채 고갤 묻었다. 실푸른 달빛이 살갗에 닿는 느낌이 선득했다. 어두운 창 너머론 애솔나무 그림자가 내려와 있었다.

서란이 유치원에 다니기 시작하면서, 정목에게 서란과의

시간은 더 과중한 책임이 되어갔다. 아침마다 정목은 전보다 좀더 일찍 일어나 서란을 씻기고 유치원에 데려다주고선 등교를 했다. 그나마 하교할 땐 전처럼 다른 일을 핑계 대곤 성옥이 서란을 데리러 가게끔 하고서 몰래 놀 수 있는 게 다행이었다. 열 살 또래 여자애들이 옷 입히기 스티커에 빠져 있을 때, 정목은 탑블레이드에 빠져 있었다. 성옥의 눈에는 그게 어릴 적 하던 팽이치기와 뭐가 다른지 모르겠으나 그 조그만 것이 가격이 비싼 게 탐탁잖았다. 겨우 정희를 졸라서 산 탑블레이드 하나와 문방구에서 훔친 것 하나가 정목이 가장 아끼는 보물이었다. 정목은 대결만 했다 하면 상대를 이겼다. 그러다 시비가 붙기도 했지만 정목은 근성이 있는 덕분인지 싸움도 진 적이 없었다.

대신 정목에게 지는 기분을 느끼게 하는 건 늘 서란이었다.

언니, 아야 했어?

아무에게도 들키지 않은 상처를 서란이 보고 물었다. 정목은 성옥에게 말하지 말라고 입단속을 시키곤 티브이 선반 아래서 후시딘을 꺼내 발랐다. 따끔거리는 곳은 무릎이나 이마, 볼께였지만 대체로 더욱 따끔하고 아픈 곳은 아무도 알아주지 않는 속내였다. 정목은 절 걱정하는 눈으로 봐주는 것이 서란뿐인 것이 싫었다.

서란은 곧잘 정목의 탑블레이드를 망가뜨리곤 했다. 실수로 밟아서 부러뜨리거나 갖고 놀다가 부품을 잃어버리는 식이었다. 정목은 서란이 제 유일한 즐거움을 망치는 게 너무도 싫었다. 제가 좋아하는 디지몬을 보다가도 꼭 꼬마 마법사 레미를 보여달라고 울지를 않나, 제 물건에 아무리 손대지 말라고 해도 어느새 제 물건을 건드리곤 망가지게 하지를 않나.

그러고 보면 말을 못 할 때나 어눌하게 할 때는 애가 말도 잘 듣고 착했는데, 언제부턴가 말도 잘하고 머리도 커지면서 애가 못돼진 것 같았다. 언제는 정목이 아끼는 동네 고양이, 제 동생이란 생각으로 정미라고 이름 붙여준 고양이를 보고도 못생겼다고 하기까지 했다. 그렇게 착하고 귀여운 애가 또 어딨다고. 차라리 지가 그랬으면, 동생이라고 예뻐하기라도 했을 텐데, 그건 모르고. 정목은 네가 더 못생겼다고 서란에게 화를 냈다. 네가 태어날 때 얼마나 얼굴도 쭈글쭈글하고 이상했는지 아냐고, 그러면서 자신은 있었던 일을 다 기억한다고 그랬다. 그 얘길 들은 서란이 어찌나 서럽게 울던지, 숨이 다 넘어가는 줄 알았다. 정목은 그제야 실수했다 싶어 미안하다고 했지만, 서란은 사과를 들을 줄을 몰랐다. 미안하다는 말의 의미를 아직 모르는 것처럼, 계속해 울기만 했다. 결국 정목은 우는 서란을 데리고 놀이터에서 한참을 있다가 겨우 서란이 울음을 그치고서야 집에 돌아갈 수 있었다. 땅거미가 무겁게 내려앉은 밤이었다. 그날 정목은 왜 이렇게 늦게 왔느냐며 태수에게 혼났다. 밥상머리에서 호되게 질책을 들은 뒤에는 정목이 서란보다 더 서럽게 울었다.

미안해, 언니. 미안해.

서란이 고사리 같은 손으로 등을 두드려주었지만 정목은 그 손길도, 사과의 말도, 하나도 와 닿지가 않았다. 바보같이 아무것도 모르면서. 만날 넙죽넙죽 다 받기만 하면서. 정목은 서란이 미웠다. 하지만 미워하는 티를 낼 수 없었다. 서란을 돌봐주는 것만이 제 역할이고, 자신이 그 의무를 수행해야만 가족에게 가족으로서 인정을 받을 수 있다는 걸 알기 때문이었다. 자신은 언제나 성가신 골칫덩이였다. 늘그막에 원치 않게 가진 자식, 기왕이면 아들이길 바랐으나 결국은 아무것도 달지 않고 태어난 딸, 제 것을 갖는 것과 인정을 받는 것에 대한 욕심이 그득한, 막내답지 않은 막내.

이 집의 유일한 막내, 남은 사랑을 모조리 받는 건 오로지 서란이었다.

서란이 초등학생이 되고, 정목은 서란을 데리고 같은 학교에 다니는 것에 진저리가 났다. 친구들도 선생님도 다 좋았지만 전학을 가고 싶을 정도였다. 정목은 꾸준히 틈을 엿보며 다시 학원을 보내달라고 성옥을 졸랐다. 태수의 귀에 들어가지 않을 정도로만. 하지만 성옥은 그럴 돈이 어디서 나냐며 정목의 간절한 청을 일축했다. 그즈음 정수는 작은 회사에 경리로 들어가 일을 시작했다. 성적이 좋지 않아 취직할 곳이 없었지만 겨우 태수의 고향 친우가 사장으로 있는 곳에서 일하게 된 것이었다. 정수는 집을 나가 혼자 살고 싶다며 성옥에게 보증금을 마련해달라고 했다. 성옥은 이상하게 정수에게 유독 약했다. 정수를 낳을 때 고생하기도 했고, 낳은 뒤에도 애가 오랫동안 앓다 낫기를 반복하는 통에 늘 걱정하던 게 버릇이 돼선지. 성옥은 겨우 친정에 사정 사정을 하고, 정희에게도 어렵사리 부탁해서 쌈짓돈을 모아 정수의 보증금을 마련했다. 그리고 더욱 허리띠를 졸라매기 시작했다. 결국 그 부채감은 깔때기처럼 아래로 내려가고 모여서 정목이 감당해야 할 몫이 되었다.

체육대회 날, 정목은 유연한 몸으로 나가는 종목마다 1, 2등을 했다. 일주일도 더 전부터 성옥에게 체육대회에 도시락을 싸서 와달라고 했지만 성옥은 파출부 일을 가야 해서 체육대회에 갈 수가 없었다. 대신 체육대회에 도시락을 싸 갖고 온 것은 정희였다.

정목아. 거기 그늘에 자리 펴. 돌 치우고.

정희는 바로 옆에 서란을 앉히고 작게 싼 김밥을 먹었다. 정목에게는 유부초밥과 정목이 어릴 때부터 좋아하던 분홍색 소시지를 먹으라고 내주었다.

정목아, 왜 그러고 있어. 너 좋아하는 거 해왔는데 왜 안 먹어.

정목은 울컥해서 말했다.

나 이제 이거 안 좋아해!

왜애, 너 이거 제일 좋아했잖아. 만날 나만 보면 소시지 사달라구 그랬으면서.

아냐, 싫어해!

그러면서 침을 꼴깍 삼키곤 유부초밥만 집어 먹었다. 겉에 윤기가 흐르는 유부초밥은 새콤하고 맛있었다. 그런데 정목은 그걸 먹으면서 자꾸만 목이 메었다. 엄마가 보고 싶었다. 정목은 명랑함에 기이하게 비례하는 예민한 기질이 날이 갈수록 발달해 남들과 자신의 차이를 예민하게 알아채는 능력이 있었다. 주위를 둘러보니 색색으로 펼쳐진 돗자리마다 한 가족이 있었다. 그 단란하고 부족함 없는 풍경은, 살짝만 건드려도 아픈 손에 박힌 작은 가시처럼, 정목의 연약한 기쁨과 슬픔을 쿡쿡 찔러대었다. 간혹 엄마나 아빠가 없는 집도 있었지만 그럼에도 행복하고 근사해 보였다. 하지만 제게는 그 당연하고 완벽해 보이는 것이 주어져 있지 않았다. 그건 새 장난감을 갖는 것이나 학원을 다니는 것처럼, 아무리 떼를 써도 이루어지지 않을 일 같았다.

곧이어 형준이 와서 서란의 비어있던 왼편을 채워주었다.

그날 본 형준은 전에 없이 상냥하고 다정한 아빠였고, 정희는 서란의 모든 걸 챙기고 파악하는 세심한 엄마였다. 세 사람은 완벽한 가족의 원형을 이루고 있었다.

 정목아. 목마르니?

 …….

 문득, 정목은 응당 제가 받아야 할 것을 서란이 다 가져갔다는 생각이 들었다. 서란이 부러워서, 너무 부러워서 울고 싶은 기분이었다. 아무리 인정을 받아도 서란이 예쁨 받는 것에 비해선 부족하고 불만스럽기만 했다. 분명 제게도 무한한 애정과 관심을 받던, 막내였던 적이 있었을 터였다. 하지만 서란이 태어난 뒤로, 그가 제 균일했던 세상에 균열을 일으킨 완벽한 불청객으로 나타난 뒤로, 정목은 온전히 기쁘지도 슬프지도 않은 맹맹한 삶을 살고 있었다.

 정목은 너무 일찍, 자신이 부당한 대접을 받고 있다는 것을 알아채고 말았다.

 그토록 선명한 깨달음이 있었지만, 정목은 자신이 너무 많은 걸 알고 있음을 드러내지 않으려고 노력했다. 만약 그걸 들킨다면, 더 많은 의무를 지게 될 것이 뻔했다. 이미 버겁고 버거웠다. 서란은 완전히 제게 맡겨졌고, 때로는 마치 서란이 제 조카나 동생이 아닌 딸이 된 것처럼 느껴졌다. 문득, 어쩌면 자신의 존재도 성옥에게 그토록 버겁고 버거울지도 모르겠다는 생각이 들었다. 그럴 때면 쉽사리 기분이 울적해지곤 했다. 누군가에게 짐이 된다는 걸 아는 사람은, 더욱 자신의 쓸모를 찾으려 애쓰기 마련이었다. 하지만 그걸 모르는 서란은 결코 제 쓸모를 찾으려 하지 않았다. 매일 정목의 손을 잡고 등하교를 하고, 정목이 차려주는 밥상에 앉고, 정목이 아끼는 것을 망가뜨리거나 물려받고, 그렇게 모든 힘겨운 배려를 당연한 것으로 알고 자랐다. 서란이 모를수록, 정목은 더 많이 알았다. 그리고 더 많이 앓고, 더 많은 짐을 안았다.

언니, 언니는 밥 안 먹어?

안 먹어.

정목은 밥을 잘 먹지 않았다. 집에서 밥을 먹는 것도 서란을 챙겨주는 '일'로 느껴졌기 때문이었다. 계란 후라이와 김에 밥을 먹는 서란을 두고, 정목은 티브이만 보았다. 집안일을 하면서 꼭 티브이를 틀어놓는 제 엄마처럼, 깔깔 웃는 소리가 들려도, 좋아하는 만화를 보면서도 웃지 않았다.

유일하게 정목이 진심으로 웃을 때는 정미를 볼 때였다. 정목이 느끼기에 자신이 순수한 애정을 쏟을 수 있는 대상은 정미뿐이었다. 동물병원이란 걸 본 적도 없는 동네에서, 어쩌다 정미가 토악질이라도 하면 정목은 온종일 정미가 걱정돼서 안절부절못할 정도였다. 정목은 정미를 집에서 키우고 싶었지만 차마 말할 수가 없었다. 마당에라도 두면 좋겠지만 그러면 태수에게 혼이 날 터였다. 개도 아니고, 잡아먹을 수도 없는 걸 뭣 하러 키우냐며. 성옥은 늘 피로한 낯과 무거운 몸으로 늦은 밤에나 모습을 보이곤 했다. 제가 정미를 데려오면 성옥은 정미를 짐으로 여길 터였다. 정목은 태수가 무서운 것보다 성옥에게 짐을 지우는 게 더 겁이 났다.

더는 서란을 돌봐주는 것만으로는 성옥에게 인정받을 수도 기쁨을 줄 수도 없었다. 그건 당연한 일이었으니까. 대신 정목은 공부를 했다. 언젠가는 그것도 당연한 일이 될 테지만, 당장은 성적표를 보여주는 것만으로 성옥의 짙은 낯에서 잠깐이나마 응답을 걷어낼 수 있었다. 하지만 성옥을 기쁘게 할 수는 있어도 스스로는 기쁨을 느낄 수가 없었다.

아무에게도 하지 못하는 얘기를 오직 정미에게 했다. 아무도 지나지 않는 으슥한 골목 뒤편에서, 정미에게 몰래 집에서 데워 온 우유를 먹이면서 정목은 많은 얘기를 했다. 먼지 털 듯이 쉽게도 떨어졌다. 슬픈 것도, 무거운 것도. 정미에게는 무엇이든 다 말할 수 있었다. 어차피 정미는 알아들을 수 없으니까. 차라리 편했다. 정목은 자주 정미가 고양이가 아니라 제 동생이었으면 얼마나 좋았을까 하는 생각을 했다.

너도 그렇게 생각하지?

정미의 주황색과 하얀색이 얼룩진 털은 만지면 만질수록 보드라웠다.

나도 너처럼 온몸에 털이 났으면 좋겠어. 그럼 겨울에도 안 추울 텐데.

가르릉거리며 손길을 받던 정미는, 몇 발짝 치에서 누가 지나가는 기척만 들어도 그늘로 몸을 숨겼다. 정목은 정미의 눈곱이 잔뜩 낀 눈가와 가치 없는 보석처럼 빛을 잃은 눈동자를 바라보며 형용할 수 없는 애달픔을 느꼈다.

정목은 정미를 아끼는 만큼 서란이 미웠다. 왜인지 서란은, 이제는 제법 다 알 걸 알면서도, 계속해 모르는 척하는 것 같았다. 알아서 제 앞가림 정도는 할 법한 나이가 됐는데도, 그 나이에 자신은 서란을 돌보면서 자신을 간수하고 살았는데도, 서란은 여전히 아무것도 할 줄 모르는 아기처럼 굴었다. 배고프다고 하면 밥을 해줘야 하고, 졸리다 하면 침대로 데려다주고 잠들 때까지 옆에 있어 줘야 하고, 여전히 등하굣길을 함께 해야 했다. 정목은 사람들이 서란을 보고 제 동생이라고 하면 반드시 사촌이라고 알려주었지만, 사람들은 그냥 서란을 정목의 동생으로 여겼다. 하나도 닮은 구석이 없는데. 왜 서란을 제 동생이라고 하는지. 정목은 그게 너무 싫었다. 지긋지긋했다. 정목은 더는 서란에게 매여있고 싶지 않았다. 마치 보이지 않는 끈으로 서란에게 묶여있는 듯했다. 언제까지 묶여야 하는 걸까. 정목은 만 점에 가까운 성적을 받고서야 성옥에게 당당히 요구할 수 있었다.

엄마, 나 대학 가려면 이제부터 더 열심히 해야 돼. 쟤도 이제 열한 살이니까, 혼자서 다닐 줄 알아야지.

대학이라는 말에 성옥은 무조건반사로 반색했다. 정목의 눈에는 성옥이 얼마나 새파란 헛꿈을 꾸고 있는지가 보였다.

아유, 그럼. 그래. 서란이도 인제 다 컸지.

이미 방도 따로 쓰기 시작한 지 오래였다. 성옥은 정희와도 얘길 나누는 듯했다. 그리곤 좋은 결론이 나왔는지, 그날 저녁을 먹을 때 성옥은 서란에게 앞으로 혼자서 다니라는 얘기를 했다. 공부해야 되니까 정목의 방에는 얼씬도 하면 안 된다고도 했다. 그 소리에 서란이 서운하다 못해 저를 원망하듯 바라보는 눈길을 느끼면서도, 정목은 드디어 서란에게서 풀려났다는 생각에 너무나도 기뻤다. 뻔하디뻔한 말 그대로, 하늘을 훨훨 날아갈 수 있을 것처럼, 상쾌하고 가뿐했다.

정말루 이제 나 안 데려다줄 거야?

서란의 물음에 정목은 대꾸도 없이 방에 들어갔다.

정목은 부러 일찍 일어나 학교에 가고, 올 때는 최대한 늦게 오곤 했다. 공부한다는 핑계 하나면 무엇이든 맘대로 할 수 있었다. 그즈음 태수가 집에 잘 들어오지 않는 것도 정목에게는 좋기만 한 일이었다. 고생 끝에 낙이 온다더니, 비로소 진정한 자유를 얻은 느낌이었다.

서란이 밥에 김만 먹는 것도, 혼자 방에서 심심해하는 것도 모른 척하며, 성옥이 잠들었을 때 몰래 지갑에서 돈을 훔쳐선 친구들과 시내로 놀러 다녔다. 문구점에서 불량식품을 사 먹고, 옷가게에서 짝퉁 티셔츠를 사고, 노래방에서 고래고래 소리를 지르고, 혼자 사는 남자애의 집에 떼로 들어가선 몰래 술을 마셨다. 놀 때만큼은 그렇게 즐겁고 편안할 수가 없다. 하지만 친구들과 헤어지고 집으로 돌아올 땐, 사무치도록 외로워지곤 했다. 그 외로움이 무엇인지, 어디서 부는 바람인지도 모르는 채로 몹시도 외로워하며 밤을 새우고는 했다. 공허함이 온몸을 채웠다. 웬 구멍이 뚫린 것 같기도 했다. 무엇으로도 채울 수 없는. 서란도 제 집에 가고, 성옥은 밀린 잠을 자느라 적막만이 흐르는 주말 밤이면, 세상이 꼭 제 방 크기만 한 것처럼 느껴지곤 했다. 아직 덜 자란 몸이, 잡동사니로 가득한 허름한 방에 겨우 꾸역꾸역 들어찬 것처럼 느껴졌다. 다시 저 자신이 버겁게 느껴졌다.

언니.

…….

언니, 공부할 거야?

서란은 저를 부를 때면 꼭 그렇게 물었다. 놀아주길 바라는 천진한 눈빛이 맘에 들지 않았다. 그때마다 정목은 양심에 찔린다는 듯 화를 내곤 했다.

어. 그러니까 귀찮게 하지 마.

정목은 서란이 제 엄마나 아빠를 걱정시킬까봐, 아무런 얘기도 못하고 속으로 감정을 다 삼키는 걸 알고 있었다. 알고서도 그걸 이용하듯 서란을 내버려두었다.

그럼에도 서란은 어느새 혼자가 된 것에 적응하고 알아서 잘 지내고 있는 모양이었다. 갈수록 말수가 줄어들고 낯빛이 어두워 보이긴 하지만, 학교에선 아무렇지 않은 양 잘 지내고 있는 듯했다. 여전히 서란은 정목의 동생으로 여겨져서, 서란에 대한 얘기는 도리어 친구들에게서 더 자주 듣곤 했다. 서란은 얼굴도 곱상하고 공부도 잘했다. 아무래도 우리 집안이 공부 머리가 좀 있는 모양이지. 정수 언니는 빼고. 정목은 서란의 얘기를 들을 때마다 진저리가 났지만, 겉으로는 좋아하는 척했다. 귀여운 동생을 싫어하고 질투하는 애로 보이고 싶지 않기 때문이었다. 정목은 갈수록 성적이 떨어지는 자신과 반대로 점점 더 좋은 성적을 받는 서란에게, 어릴 때보단 미움이 덜했지만 여전히 응어리가 남아있었다. 그것은 둘 사이에 오랜 고립과 침묵으로 굳어져갔다.

오랜만에 정규가 집에 들렀다. 개선장군처럼 당당한 기세엔 부족하게도 달랑 통닭 두 봉지를 사들고 와선 대학에서 시간 강사로 일하게 되었다는 근황을 전했다. 정규는 서란과 정목이 공부를 썩 잘한다는 얘기를 듣고선 둘을 앉혀 놓고 이런저런 얘기를 해주었다. 서울권 대학은 내신을 얼마 받아야 하고, 모 대학은 정시 비중이 어떻고 하는 지루한 얘기를 들으면서, 정목은 대학에 대한 꿈을 꾸었다. 논스톱에서 보았던 발랄하고 자유로운 모습, 서로 격의 없이 어울리고, 어떤 시름이 있어도 금방 시트콤답게 유쾌하게 풀리는 그런 모습이 제 것이 될 수 있을 거라고 믿었다. 정목에게 대학생이란 어른처럼 느껴졌다. 원하는 대로 살 수 있는 어른. 되고 싶은 어른. 어른이 되면 집도 서란도 다 두고 떠날 수 있을 것 같았다. 정목은 그동안 자신이 진정한 자유를 얻었다고 착각했다는 걸 깨달았다. 늦었지만, 동시에 이른 깨달음이었다.

하지만 꿈이란 정말로 꿈일 수밖에 없는 것인지. 정목은 점점 더 하잘것없는 제 삶이 무취해져 가는 것을 느꼈다.

그해 겨울, 성옥이 쓰러졌다.

정목은 바로 태수에게 전활 걸었지만 연결이 되지 않았다. 그러고 보니 태수는 언제부턴가 모습을 보이지 않았다. 집에도 오지 않은 지 오래였고 연락도 되지 않았다. 정목은 대신 성옥을 보러온 이모와 이모부에게 얘길 듣고서야 태수가 딴살림을 차렸다는 걸 알게 되었다. 낯짝도 두껍지. 요즘 세상이 어떤 세상인데 두 집 살림이래. 그 얘길 들은 정목은 더한 수치심을 느꼈다. 부랴부랴 달려온 정희와 형준을 보고는, 두 사람의 품에 달려가 안기는 서란을 보면서는 가슴이 먹먹하고 답답해졌다. 생사의 갈림길에 있는 성옥보다도, 저 자신이 얼마나 불쌍하게 느껴지는지 몰랐다.

많이 놀랐지, 정목아. 이제 다 괜찮아. 괜찮아.

정희가 제 등을 두드려 주었지만 정목은 울음을 그칠 수가 없었다.

파리한 얼굴에 둔중한 체구를 가진 남의사는 성옥이 난소암에 걸렸다고, 큰 수술을 해야 한다고 했다. 다행히도 초기라서 크게 걱정할 일은 없다고 했지만 마음이 놓이진 않았다. 당장 걱정스러운 건 성옥의 몸 상태가 아니라 집의 재정 상태였다. 아버지란 사람은 집을 나가고 유일하게 돈을 벌던 사람은 돈벌이를 할 수 없게 된 집에서, 병원비를 감당할 수 있는 여력이란 없었다. 이모는 성옥을 보며 딱하다고 혀를 찼지만 병원비를 대줄 생각은 없어 보였다. 금방 별일 없다는 듯 가버렸으니까. 성옥과 정목을 맡아줄 사람은 정희뿐이었다. 정규는 연락이 잘 되지 않았고, 정수는 따로 나가 산 뒤로 본 적이 없었다. 정목은 아마도 성옥이 죽기 전까지, 정수를 볼 일은 없을 거라는 걸 직감으로 알았다.

정목은 병원 식당에서 밥을 먹다 또 울었다. 수도꼭지가 새는 것처럼, 자꾸만 눈물이 나와서 스스로도 당황스러웠다. 제가 이렇게 눈물이 많은 애였나 싶었다.

우리 엄마 왜 아픈 거야? 왜 저렇게 아파야 하는 거야?

대상 없이 묻는 말에 정희가 대답했다. 나이가 들면, 어쩔 수 없는 거야.

왜? 왜 그래야 되는 건데? 그럼 언니도, 나도, 나중에는 저렇게 되는 거야?

정희는 말없이 숟가락을 내려놓았다. 정희의 옆에 앉은 서란은 가시방석에 앉은 양 불안해하며 눈치만 보고 있었다. 두 사람이 싸우기라도 하는 줄 안 모양이었다. 정목은 눈을 내리깔고 있는 서란을 빤히 쳐다봤다. 뭐가 그렇게 불안한지 알 수 없었다. 아니면 불만인 걸까. 왜? 자긴 아무것도 잃은 게 없으면서. 정목은 또다시 모든 게 불공평하다는 생각이 들었다. 그나마 제게 일말의 인정을 애정이랍시고 주던 성옥이 사라질지도 모른다는 생각에, 그렇게 되면 제 곁에는 아무도 없을 거란 생각에, 정목은 모든 새파란 꿈들이 싸래기처럼 미세하고 미약하게 흩어지다 사라지는 것을 느꼈다.

정목아, 걱정 마. 언니가 엄마 대신 널 책임질 테니까. 응? 너는 아무 걱정 말고 공부만 열심히 해. 그게 네 할 일이야.

다시금 제게 어떤 의무를 지워주는 것이 차라리 저를 위한 걸지도 모른다는 생각이 들었다. 그럼에도 정목은 그게 하나도 미쁘지가 않았다.

정규는 여전히 감감무소식이었고, 정희는 회사를 그만두고 퇴직금으로 병원비를 대겠다고 했다. 그러면서 정목에게 아무런 걱정일랑 말라고 했다. 하지만 정목은 무서웠다. 그리고 서러웠다. 정희의 퇴직금으로도 부족해서, 결국은 살던 집을 팔기로 했다는 얘기에, 정목은 제 몸뚱이보다 커다란 상실감을 느꼈다. 제 몸의 일부가 떨어져 나가는 것처럼 아팠다. 그곳엔 오래도록 배이고 밴 냄새가 있었다. 저를 괴롭게도 했지만, 동시에 유일하게 위로가 되기도 했던 숨결이 있었다. 지긋지긋했지만 정겨웠던, 자신을 자신으로 있게 해주었던 세상이 있었다.

  이삿짐을 싸면서 정목은 울음을 참느라 목이 아팠다. 그래서 아무 말도 나오지 않았다. 짐을 싸면서 정목은 제 것이랄 것이 얼마나 변변찮은지를 알게 되었다. 교과서와 책 몇 권, 오래되어 색이 바래고 눈알 하나가 덜렁거리는 곰인형 하나, 촌스러운 캐릭터가 그려진 침구, 유행 지난 펑퍼짐한 옷가지들, 박카스 상자에 색종이를 붙이고 꾸민 편지함. 정목이 가장 아끼는 것은 그 편지함이었다. 정희의 집으로 이사를 가는 동시에 전학을 가는 정목에게 친구들이 써준 편지와 롤링 페이퍼가 들어 있었다. 친구들은 언제라도 전화하고 만나자며 정목의 손을 잡고 정목을 안고 훌쩍였지만, 정목은 그 애들이 빠르게 자신을 잊어버릴 것을 알았다.

  정희는 웬만한 걸 다 버리고 가자고 했다. 정목은 두려움에 물었다. 근데 엄마는 어디서 자? 마치 정희가, 성옥이 돌아오지 않을 거라는 듯이 말해서 무서웠다. 정희는 성옥이 퇴원하면 그를 '집'으로 데려갈 거라고 했다. 그러니까 너는, 엄마가 얼른 낫게 해달라고 열심히 기도하면서 기다리면 되는 거야. 정희는 무엇이든 정답을 다 알고 있다는 것처럼 굴었다. 정목은 조심스럽게 형준에 대해서도 물었다. 형부는, 뭐라고 안 하셔? 정희는 잠시 말이 없었다. 재바른 손으로 열심히 짐을 싸는 모습이 억척스럽고도 단단해 보였다. 문득, 성옥을 가장 닮은 사람이 정희라는 느낌이 들었다. 정목은 언젠가 정희가 제 언니가 아니라 엄마였으면 하고 바랐던 것을 떠올렸다.

너희 형부, 회사 기숙사에서 지내. 주말에만 왔다 갔다 해. 그러니까 정목이 너는 딴생각은 말구 공부만 열심히 하면 돼.

불현듯 정목은 정미가 생각나서 가슴이 철렁했다.

왜 그래?

정목은 한참을 망설인 끝에 겨우 입을 열었다.

혹시…

응?

집에…… 고양이 하나 키우면 안 되지?

정희는 당황한 듯 말이 없다가, 정목에게 새 테이프를 건네며 답했다.

정목아. 거긴 이런 단독주택이 아니라 아파트야. 고양이 같은 건 못 키워.

정목은 입을 삐죽였다. 아파트라서 못 키우는 거 아니면서. 그냥, 귀찮은 거면서.

무척 실망스러웠다. 정희라면 들어줄 줄 알았는데. 예전엔 뭘 사달라고 하면 사주고, 부탁하면 들어줬는데. 이젠 마음의 여력이 없어진 탓일까. 정목은 후회했다. 그동안 쓸데없는 것들을 사달라고 부탁했던 일을. 그때, 그때마다, 꾹 참았으면, 그랬다면 이 간절한 바람이 이루어졌을지도 모르는데. 작은 일들에 욕심을 부렸던 자신이 누구보다 미웠다.

정목은 이삿짐을 실을 트럭이 오는 것을 보곤, 마지막으로 정미를 보러 갔다. 그런데 아무리 동네 곳곳을 다녀도 정미가 보이지 않아 걱정스러웠다. 혹시나 못 보고 가면 어쩌나, 아니면 무슨 일이라도 생긴 게 아닐까 불안하고, 시간이 갈수록 초조했다. 이럴 줄 알았으면 전에 봤을 때라도 인사할걸. 정목은 낯익은 동네 사람들이 저를 이상하게 쳐다보는 것도 아랑곳하지 않은 채, 울먹이며 동네를 쏘다녔다. 하지만 끝내 정미를 찾지 못하고 돌아가야 했다. 정목은 정미를, 제게 가장 소중한 것을 영영 잃어버렸다는 생각에 발걸음이 무거웠다. 한 걸음, 걸음을 내딛을 때마다 지나온 길에 흔적이 남는 듯했다. 만일 정미가 그 흔적을 보고 제가 있는 곳으로 온다면 좋을 텐데. 그런 생각이 들기도 했지만, 금방 코웃음이 나왔다. 그런 말도 안 되는 일이 생길 리가 없지. 정목은 차라리 정미가 제 어미를 다시 만나 다른 곳으로, 원래 제가 살던 곳으로 갔기를 바랐다. 그렇게 생각을 지어야만 스스로 위안할 수 있었다.

어딜 갔다 이제 오니? 얼른 뒤에 타.

…….

정희의 동네로 가는 길, 서란은 조수석에 앉아선 창을 열고 바람을 맞다가는 오줌이 마렵다고 칭얼대었다. 정희는 조금만 가면 된다고 서란을 달래고선 백미러로 계속해서 정목의 표정을 살피고 물었다. 앞으로 다닐 학교가 궁금하지 않냐, 거기 학교는 최근에 체육관도 새로 짓고 시설도 괜찮다더라 하는 얘기를 했지만, 정목은 무심한 낯으로 흘려들었다.

그날은 싸락눈이 내렸다. 아무리 내리고 내려도 쌓이질 않는 모습을 보며 정목은 제 마음도 텅 비어있다고 생각했다. 정목은 그곳을 떠나며, 그동안 제가 자라왔던 세계 또한 자신을 떠나가는 것을 느꼈다. 다시는 되돌릴 수 없는 것들이 산재해있다는 것이, 모든 것이 제 의지와는 상관없이 변해버린다는 것이, 원래부터 제 것은 무엇도 없었다는 것이, 눈처럼 서늘한 빛으로 실감이 났다. 더는 질문을 하지 않으리라 다짐했다. 그밖에는 알고 싶은 것이 없기 때문이었다. 알지 않아도 될 것들을 더 많이 알게 될수록, 더 힘들어진다는 걸 알기 때문이었다.

정희의 집은 아파트가 아니라 빌라였다. 엘리베이터는커녕 후미진 계단을 한 층만 올라도 힘에 부치고, 곳곳마다 볼썽사나운 전단지와 광고 스티커가 붙어 있고, 손잡이나 대문은 죄 녹이 슬어 있고, 놀이터라고는 모래밭 위에 그네와 미끄럼틀, 정자밖에 없는 그런 곳이었다. 도저히 정을 붙일 수 없을 거란 예감이 드는 곳. 아이들은 더러 보였지만 제 또래는 하나도 보이지 않았다. 정희의 먼지 슨 황금색 마티즈를 타고 내려서 집으로 들어가기까지, 정목의 눈에 보이는 것은 죄다 색이 바래고 군내가 나는 듯했다. 결국, 다른 곳에 살게 되었지만 조금도 다를 게 없는 풍경이었다.

짐을 옮기느라 제대로 보지 못한 방은 원래 제 방보단 조금 작았지만, 창도 넓고 햇볕도 잘 들고 정갈해 보였다.

자, 여기가 앞으로 네 방이야.

정희는 깔끔하게 치워 놓았다며 정목의 반응을 기대하는 눈치였다.

언니. 나, 좀 자도 돼?

그럼. 푹 자. 이따 짜장면이나 시켜 먹을까?

응.

정희가 나간 후, 정목은 바로 침대에 누웠다. 짐을 정리해야 하는데 귀찮기만 했다. 분명 황금빛으로 밝은 햇살이 방에 한가득 들어와선 저를 비추고 있는데, 이상하게도 눈앞이 어두컴컴했다. 새로운 곳에서 달라진 삶을 살게 되었는데 모든 게 막막하고 막연하게만 느껴졌다. 정희는 정목과 같이 살기로 한 게 좋은지, 아니면 좋은 체하는 것인지 모르게 들뜬 표정으로, 앞으로 정목이 다니게 될 학교와 동네에 대해서 신이 나서 얘기해주곤 했지만, 정목은 하나도 기대가 되지 않았다. 정신없이 짐을 싸고 주변을 정리하느라 잊고 있던 성옥이 다시 떠올라서 마음이 아프기도 했다. 엄마. 정목은 성옥을 소리 없이 불러보았다. 문득 성옥이 보고 싶었다.

정목은 소파에 앉아 바느질을 하고 있는 정희에게 말했다.

나, 엄마 보러 가고 싶어.

정희는 정목을 안쓰럽게 바라보았다.

내일 뵈러 가자, 내일.

왜? 지금 가면 안 돼?

오늘은 안 돼. 어차피 내일 정규도 오기로 했어.

정규 오빠가? 오빠 전화 안 받는다며.

그동안 학기 중이라 바빴대. 지금은 좀 괜찮다고, 내일 들른댔어.

정목은 정규를 보고 싶지 않았다. 만날 자기는 이 집구석 사람 아닌 것처럼 굴고 무슨 일이 있어도 모르네 마네 하다가, 돈 필요할 때나 반찬 얻으러 올 때만 찾아오면서.

싫어. 난 지금 가고 싶단 말야.

안 되는 거 알잖아. 괜히 떼쓰지 마. 그러지 말고, 내일 아침 일찍 일어나서 가자. 응?

…….

정목아, 엄마가 그렇게 보고 싶어?

정희는 다 안다는 것처럼 묻고 있었다. 너 정말로 엄마 보고 싶은 거 아니잖아. 그냥 네 투정 받아주길 바라는 거잖아.

정목은 멍하니 있다 고개를 저었다.

방에서 막 나오던 서란과 마주쳤다. 서란은 막 잠에서 깬 참인지 눈을 비비며, 정희에게로 갔다.

엄마아, 배고파.

정목은 말없이 그 단란한 광경을 응시했다. 그것이 저와는 전혀 상관없는 세상의 일인 것처럼.

정목아. 짜장면 시켜줄까?

아니, 배 안 고파.

배에서 꼬르륵 소리가 나면서도 거짓말을 했다. 정목은 그대로 침대에 누워 잠을 청했다. 허기가 지는데도 아무것도 먹고 싶지 않았다. 그런 허기가 너무도 익숙해서 이제는 아무리 끼니를 걸러도 상관이 없었다. 거실에서 서란과 정희가 두런두런 나누는 얘기가 아무렇게나 들려왔다. 엄마, 나 딴 거 보면 안 돼? 봐도 돼. 그냥 소리 들을라고 아무거나 튼 거야. 엄마, 짜장면 시킬 거야? 정목 언니 한숨 잔다니까, 이따 일어나면 같이 먹자. 나 배고픈데. 아까 차 타고 올 때부터 배고팠는데. 밥 먹으면 이따 짜장면 못 먹으니까, 과자 먹고 있어. 너 좋아하는 맛동산. 서란의 목소리는 사탕 같았다. 동글동글하고, 투명하고, 휘발성을 가졌다. 하지만 그 앳된 성질이 제 속을 후벼파는 느낌이었다. 정목은 서란이 엄마, 엄마아, 하는 소리가 너무도 듣기 싫었다. 이제 저는 부를 수 없을지도 모를 이름이었다. 제가 가진 유일한 것이 그 이름 같다는 생각이 들었다. 정목은 살짝 땀이 밴 손을 이불에 문지르곤 눈을 감았다. 문득, 탑블레이드가 떠올랐다. 그렇게나 좋아하던 것이 다 어디로 갔는지. 이제는 왜 좋아하지 않게 되었는지.

　학교는 그리 크지도 작지도 않았다. 학년마다 일곱 반이 있었고, 사는 수준은 전에 다니던 학교 애들과 다르지 않아 보였다. 그게 정목의 마음을 그나마 편하게 해주었다. 집안 사정으로 인한 의례적인 전학이었고 곧 고등학교에 갈 것이기 때문에 정목은 누굴 사귈 수가 없었다. 온통 걱정과 불안뿐인 그의 마음이 얼굴에도 드러나서 꺼려지는 것인지, 아무도 정목에게 다가오지 않기도 했다. 차라리 혼자가 편해서 아무렇지도 않았다. 정목은 그저 어서 그 겨울이 가기만을 바랐다. 정목의 얼굴은 겨울 나뭇가지처럼 바싹 말라 있었다.

　성옥을 보러 갈 때면 정목은 가슴에 돌이 얹힌 듯 마음이 무거웠다. 성옥은 하루가 일 년처럼 지나는지 날이 갈수록 빨리 늙었다. 정목은 성옥을 보지 않을 때면 그렇게도 성옥이 보고 싶으면서도, 막상 성옥을 대하고 있을 때면 성옥이 보기 싫게 느껴졌다. 성옥의 모습은, 시든 나무처럼 아프고 야윈 모습은, 제가 되고 싶은 어른의 모습이 아니었다. 정목은 성옥과 단둘이 있을 때 시답잖은 얘길 하며 시간을 보내려 애썼지만, 성옥은 제가 하는 얘기를 하나도 못 알아듣는 듯했다. 엄마, 나 임신했을 때 고구마를 그렇게 좋아했다며. 그래서 그런가, 나도 고구마를 좋아하나 봐. 성옥은 몇 번이고 했던 얘기를, 들을 때마다 처음 듣는다는 식으로 반응했다. 겉이 늙어가는 만큼 속도 늙어가는 모양이었다. 성옥은 기억력이 점점 나빠졌다. 이러다 내가 엄마 딸인 것도 잊어버리는 거 아니야? 하고 성옥을 원망하는 마음이 들었다. 그와 동시에, 성옥이 낫길 바라면서도, 성옥이 계속 병원에 있었으면

하는 마음도 있었다. 성옥이 병원에서 나오면, 자신은 성옥에게 매여있어야 한다는 걸 알기 때문이었다.

엄마.

정목은 잠든 성옥을 내려다보며 말을 삼켰다.

엄만 나를 왜 낳았어?

어차피 물어보아도, 대답해줄 수 있는 건 성옥이 아니었다. 더 슬픈 건, 그게 그 누구도 아니라는 사실이었다.

창밖에서 시퍼런 달빛이 병실을 스산하게 비추고 있었다. 정목은 간이침대에 누워 잠을 청했다. 이상하게도 집에서 자는 것보다 병실에서 자는 게 마음이 편했다.

정목은 고등학생이 되었고, 성옥의 수술은 성공적으로 끝났다. 하지만 성옥은 다시 이전의 몸으로 돌아갈 수 없었다. 성옥은 정희의 집으로 들어와 안방 침대를 차지했다. 정희는 정목이 학교에 있을 동안에는 성옥의 수발을 들고, 정목이 학교에서 돌아오면 일을 하러 나갔다. 주말이면 온다는 형준은 잘 보이지 않았다. 어쩌면 형준도 태수처럼 딴 살림을 차린 거 아닐까, 정목은 의심했다. 하기야 누구라도 친정엄마 병수발을 들어야 하는, 그러면서 그를 닮아 늙어가는 듯한 여자를 사랑할 수 있을까 싶었다. 정목은 그런 정희를 지켜보면서 절대로 자신은 늙고 싶지 않다는 생각을 했다. 늙는다는 건, 자기를, 꿈을 잃어버리는 것 같았고, 더는 사랑받을 수 없다는 것과 같았다.

정목은 푼돈만 생기면 바로 화장품을 사 버릇했다. 마침 시내엔 화장품 가게가 우후죽순으로 생겨나고 있었다. 그곳은 초등학교 앞 문구점 같았다. 예쁘지만 몸에 나쁜 것들을 잔뜩 팔면서 아이들의 가벼운 지갑을 더 가볍게 만들었다. 정목은 학교가 끝나면 친구들과 같이 화장을 하고 놀았다. 하지만 아무리 화장을 해도 꼭 못난 점만이 도드라져 보였다. 정목은 제 얼굴이 맘에 들지 않았다. 콧대가 낮고 콧방울이 큰 코도, 쌍꺼풀도 없고 속눈썹이 짧은 눈도, 얼굴 곳곳에 난 점도, 그래서 별명이 점박이나 점쟁이였던 것도, 키가 어중간하고 종아리가 얇지 않은 것도, 자꾸 허벅지가 붙는 것도. 그렇게 조목조목 따져 보니 예쁜 구석이 하나도 없는 게 싫었다. 오로지 인정을 받을 수 있는 게 성적뿐이라는 건 더 슬펐다.

학교가 일찍 끝나는 날이면 친구들과 같이 시내에 가고 싶었지만, 동네엔 없는 새로 생긴 화장품 가게를 구경하고 미용실도 가고 싶었지만, 정목은 성옥을 돌보러 가야 했다. 아무리 성옥이 괜찮다고 해도, 괜찮지 않다는 것을 정목은 알았다. 그리고 누군가를 위해야 한다는 것은 자신을 지워야 한다는 것과 같음을 알았다.

정목이 너, 내 립스틱 발랐니?

정희의 채근에 정목은 손사래를 쳤다.

내가 왜 언니 걸 발라. 이거 친구가 준 거야.

정목은 주머니에서 빨간 꽃 모양 뚜껑이 달린 틴트를 꺼내 보였다. 정희는 안쓰럽다는 듯 정목을 보았지만, 정목은 그게 한심하다는 눈길로 느껴졌다.

정목아. 그런 건 나중에 다 할 수 있어. 너 저번 중간고사 성적, 별로 안 좋던데. 지금은 공부에만 집중해도 모자라. 너도 알지?

하고 싶은 건 다 나중에. 나중에. 정목은 그 말이 너무도 싫었지만 제가 믿을 수 있는 것도 그뿐이라는 걸 알았다. 그러다가도 제가 진정으로 하고 싶은 것이 무엇인지 알 수 없다는 사실이 답답하게 느껴졌다.

  생일날, 뭘 사줄까 묻는 정희에게 정목은 하루만 친구들과 놀고 싶다는 바람을 밝혔다. 그러자 정희는 고민하다가, 서란에게 성옥의 곁을 지키게 하겠다고 했다. 정목은 뛸 듯이 기뻤다. 정희에게 받은 오만 원을 가지고, 새로 사귄 친구들을 데리고 시내에 가서 만 원짜리 피자를 먹고 화장품을 샀다. 정목은 허름한 노래방 화장실에서 친구들과 화장을 고치면서 깔깔 대고 웃었다. 그렇게 웃어본 적이 언제였나 싶을 정도로 오래되고 낯선 일처럼 느껴졌다. 한 시간에 사천 원 하는 노래방에서 다섯 시간을 죽치고 있다가 나오니 온통 사위가 어둑해져 있었다. 친구들은 집이 다 다른 방향이었다. 정목은 정류장에서 친구들을 하나씩 보내고는 제일 늦게 버스를 탔다. 버스를 타고 돌아가는 길, 그 짧은 하루가 너무도 꿈같아서 눈물이 핑 돌았다. 다시, 늙은 엄마와 아직도 어리광쟁이 같은 조카에게 매인 삶으로 돌아가야 하는 것이 꿈같았다.

  언니.

  …….

  언니!

  옷을 갈아입지도 않고 소파에 늘어져 있던 정목은, 대꾸도 없이 서란을 쳐다보았다.

  라면 끓일 건데 같이 먹을래?

  으응.

  정목은 마음 따라 무뎌진 몸의 감각을 느끼며, 동시에 허기를 느꼈다. 서란이 라면을 끓이는 동안 정목은 드라마를 보았다. 안방에선 성옥이 코 고는 소리가 들렸다. 성옥은 이제 기운을 다 차렸다며 다시 파출부 일을 나갈 거라고 했다. 그동안 푹 쉬었던 게 꼭 휴가 같았다고 하면서 웃던 얼굴이 배춧잎처럼 보였었다.

언니.

응.

고등학교는 어때? 초등학교, 중학교랑 뭐가 달라?

그냥 똑같애.

똑같다구?

으응. 별 거 없어. 재미도 없고.

서란은 오랜만에 정목과 같이 있는 게 좋은지 말을 붙였지만, 정목은 귀찮아서 대충 응수하며 라면만 먹었다.

언니!

그러다 속이 부대껴선, 곧장 화장실로 달려가 토악질을 했다.

언니, 정목 언니. 괜찮아?

서란이 등을 두드려주었지만, 그게 더 속을 부대끼게 만드는 것 같았다. 정목은 한참을 변기를 붙잡고 끅, 윽, 소리를 내고 있다가 겨우 고개를 들었다. 눈앞이 초점 없이 핑핑 도는 것 같았다. 그러다 절 걱정스럽게 내려다보는 서란과 눈이 마주쳤다.

너… 키가 몇이야?

나? 백 육십이였나 그럴걸. 왜?

쟤가 언제 저렇게 컸지. 정목은 서란이 저보다 키가 크다는 것에 잠잠한 충격을 받았다. 그대로 화장실 타일 바닥에 앉아서 얼빠진 채로 있었더니, 서란은 걱정이 되었는지 물컵과 약을 가져왔다. 소화제야, 먹어. 정목은 서란이 저를 챙겨주는 것이 이상해 닭살이 다 돋았다. 정목은 약을 먹는 척만 하고,

서란이 나가자 바로 변기에 약을 뱉어버렸다. 그리고 물을 내렸다. 쏴아아, 하고 내려가는 소리와 함께 이유 모를 씁쓸함이 소용돌이처럼 맴도는 것을 느꼈다.

정목은 조금이라도 책잡히는 것이 싫어 공부는 열심히 했다. 비록 남들 다 다니는 학원도 못 다니고 과외 같은 건 바랄 수도 없었지만, 썩 괜찮은 성적을 받았다. 반장 같은 건 해본 적 없지만 반마다 친구 네댓 명을 알고 지내는 마당발이었다. 정목은 발을 넓히는 걸 즐겼다. 같은 무리인 친구를 통해서 다른 학교 애를 사귀는 것도 좋았다. 하지만 아무리 친구를 사귀어도, 정목은 절대로 제 집에 대한 얘기는 하지 않았다. 속내 같은 것도 드러낸 적이 없었다. 정목은 제 얘길 하기보다 남의 얘기를 듣는 편이었고, 무리로 몰려다닐 때면 가운데 서기보다 가운데에서 두세 번째에 있는 편이었다. 그게 정목이 사람을 사귀고 세상을 살아가는, 고루하지만 평안을 느끼는 방식이었다. 활달하면서도 자신을 잘 드러내지 않으려하는 정목이 유일하게 도드라질 때는 시험 기간 전후였다. 정목은 아무리 못해도 전교 5등 안에 드는 아이였다. 교사들은 정목이 이대로만 가면 좋은 대학을 갈 수 있을 거라고 기대하고 격려하곤 했다. 정목도 그렇게 생각하며 공부를 놓지 않았다.

고등학교 이학년, 유난히 비가 많이 내리던 여름이었다. 정목은 방학을 맞아 친구들과 무박이일로 바다에 놀러 가기로 약속한 상태였고, 정희에게 허락을 받는 것만 남아있던 차였다. 정목은 꾸준히 좋은 성적을 받으며 정희를 기쁘게 했고, 서란의 아침과 저녁을 챙겨주면서 정희를 안심케 했다. 이번엔 분명히 정희가 제 바람을 들어줄 거라고 믿으며 기대에 차

있었다.

　하지만 성옥이 입원하고, 모든 바람은 물거품이 되었다. 이번엔 위궤양이라고 했다. 지난겨울만큼 심각한 건 아니었지만 경과를 지켜봐야 한다고 했다. 좀 나아졌다고 해서 다시 무리하게 일을 나가려고 했던 게 문제였을까. 그게 아니면 뭘 잘못했을까. 도통 알 수가 없었다. 정목은 보험 회사에 다니는 정희를 대신해 성옥의 병수발을 드느라 병원에서 지내야 했다. 정목은 간호사나 의사가 와서 무어라 얘기를 해도 잘 알아듣지 못하고 우물쭈물할 수밖에 없는 자신이 싫었다. 같이 병실을 쓰는 어른들이 저를 보고 착하다고 칭찬하는 것도 싫었다. 처음엔 할머니를 모시는 게 힘들지 않느냐고 그랬다가, 성옥이 막내딸이라고 정정하자 놀라워하는 얼굴을 보는 것도 싫었다. 죄 싫은 것투성이였다. 꿉꿉하고 석연찮은 냄새가 감도는 것도, 몸을 숙이기 힘든 성옥이 씻는 걸 도와줘야 하는 것도, 저를 빼고 놀러 간 친구들의 얘길 듣는 것도 죄 고역이었다. 처음에만 아쉬워하는 척했지, 제가 없어도 친구들은 아무렇지 않은 모양이었다. 정목은 상실감보다 더한 소외감을 느꼈다. 밤마다 휴게실에서 문제집을 풀면서, 혼자 몰래 울고는 했다.

　서란은 아주 가끔만 왔다. 서란은 성옥의 병원비 때문에 다니려던 학원을 못 다니게 되었는데도 전혀 불만이 없는 것처럼 굴었다. 정목은 쌤통이다 싶으면서도, 원하는 것이 좌절된 서란에게서 언뜻 제 모습이 보여 마음이 불편했다. 서란이 오지 않기를 바랐지만, 성옥이 서란을 보면 좋아라하니 어쩔 수가 없었다. 서란은 올 때마다 성옥이 좋아하는 바나나 우유를 사왔다. 다 큰 어른이 무슨 바나나 우유를 좋아하는지, 정목은 유치하다고 생각했다.

할머니! 저 왔어요.

어유, 서란이 왔어. 학교가 벌써 끝났냐.

내일 무슨 국가 시험 있다고 수업이 일찍 끝났어요.

서란은 참 살갑게 굴었다. 모난 구석도, 구김살도 없는 양 맑은 미소를 가지고 있었다. 정목은 서란이 성옥을 할머니라 부르면서 애교를 부리는 게 보기 싫었다. 어릴 땐 없던 애교가 왜 다 커서 생긴단 말인가. 제가 화장실을 가거나 심부름을 하러 나갈 때, 성옥이 서란에게 몰래 용돈을 주는 것도 싫었다. 정작 곁에 붙박고 있으면서 그를 돌보는 건 자신인데. 성옥은 제가 일상을 바치는 것보다, 서란이 짧은 시간을 내어 방문하는 것을 더 기뻐했다.

유난히 성옥이 밥을 먹기 싫다며 투정할 때가 있었다. 그때, 정목은 정말로 성옥이 엄마가 아니라 제 아이 같단 느낌이 들어 소름이 끼쳤다.

엄만 왜 서란이만 예뻐해?

내가 언제.

그랬잖아. 어릴 때부터 나한테는 아무것도 안 해줬으면서. 서란이는 뭐만 먹고 싶다 그러면 다 해주고, 뭐 사달라 그러면 다 사주고.

아무것도 안 해주긴, 뭘 안 해줘. 엄마가 너 낳고 키우느라 을매나 고생했는지 몰라?

절로 손이 벌벌 떨렸지만, 주먹을 꼭 쥐고선 참았던 말을 내뱉어버렸다.

그럼 엄마가 고생했으니까 나도 그만큼 고생해야 된다는 거야?

너, 엄마가 아픈데, 고작 옆에 있는 게 그렇게 힘들어? 다 큰 애가 이렇게 투정을 부리면 어떡해.
  투정은, 엄마가 부리잖아. 뭐만 하면 싫다고만 하고, 밥 나오면 김치가 맛없네 국이 싱겁네 하고. 엄마가 엄마가 아니고 무슨 애기 같아, 애기.
  …….
  성옥은 굳어진 얼굴로 입을 다물었다.
  정목은 차오르는 설움에 입술을 깨문 채로 한참을 서 있었다.
  뭐가 그렇게 고생이라니? 네가 뭐가 그렇게 힘들어. 뭐가.
  겨우 서늘한 침묵을 깨뜨린 건, 성옥의 원망이었다.
  그럼 엄마가 아픈데 네가 있어야지, 누가 있니. 네 언니는 일하느라 쉴 틈이 없고, 정규는 교수 되려고 바쁘지, 정수는…… 그 기지배는 연락도 안 되지. 그럼 어떡하겠어. 정목아, 응? 대체 어떡하라는 거야.
  그럼, 나는? 난 어떡해?
  정목아.
  엄마. 나 진짜 힘들어. 나 공부도 해야 되고, 곧 있음 개학이야. 대체 나는 어떡하라는 거야? 계속 이렇게 엄마랑 병원에만 있어야 돼?
  누가 병원에만 있으랬어. 당연히 개학하면 학교는 가야지. 가끔은 서란이 보고 오라고 하면 되잖아.
  그래. 그러면 되겠네. 엄마가 그렇게 예뻐하는 서란이랑 있으면 되겠네. 나보다 서란이랑 있는 게 엄마는 더 좋잖아, 안 그래?
  성옥의 얼굴은 더 주름지고 슬퍼 보였다. 그게 보기 싫어 정목은 고개를 돌렸다.

  넌 무슨 말을 그렇게 섭하게 해.

  됐어. 나 갈 거야. 그니까 서란이나 불러.

  정목은 그대로 가방을 싸고 병실을 나와버렸다. 아무리 성옥이 불러도 돌아보지 않고 그대로 앞만 보고 걸어갔다. 다시는 돌아오고 싶지 않았다. 다시는 병원에 오지 않겠다고 생각했다. 엄마처럼 늙고 아프게 될 바엔, 차라리 늙기 전에 죽는 게 낫겠단 생각마저 들었다.

  어찌나 속이 후련하던지, 너무 몸이 가벼워서 허탈한 기분이 들었다.

  허나 그만큼, 의무감을 대신해 텅 빈 자리엔 죄책감이 무게를 더해갔다. 정목은 죽는 게 나을 거란 생각을 했다는 것에 슬퍼졌다. 어쩌면 그러한 바람의 바탕에는, 성옥이 없었으면 하는 마음도 있었을 터였다. 늙고 병든 엄마에게 해선 안 될 말을 하고, 돌봄이 필요한 엄마를 혼자 두고 나와버리고, 그런 돼먹은 생각을 하다니. 제가 그토록 이기적이란 것에 혐오감이 일었다.

  정목은 더 멀리 가지 못하고 병원 근처 벤치에 앉아 숨을 골랐다. 지긋지긋한 병원을 벗어나서야 제대로 숨을 쉬는 기분이었다. 호흡이 그토록 힘겹고 무력한 일인지를 처음 알 수 있었다. 그런데 여전히 엄마에게서, 집에서, 벗어나지 못하고 있는 자신이 보였다. 그의 존재는, 집이라는 삶의 바탕은, 아무리 달리고 달려도 벗어날 수 없는 그늘이었다. 그래서 늘 시린 그늘이 익숙하고 편안했구나 싶었다. 어쩌면 자신은 정말로 태어날 때를 기억하고 있는 걸지도 몰랐다. 그 깊고 음습한 어둠에서 태초와 같은 혼돈으로 빚어지고 찬란한 빛으로 나올 때의 고통이, 응집된 삶의 고통과도 같다는 것을 늘 알고 있었으니. 그런 생각도 들었다. 이토록 고통스러울 줄 알았다면, 밖으로 나오지 않았으리라는 것. 삶을 겪지 않기 위해, 죽을힘을 다해 죽었으리라는 것.

넌 어쩜 그렇게 너밖에 몰라!

정목은 정희에게 뺨을 맞고서도, 아무 일 없던 것처럼 무표정했다.

엄마가 너 없는 새에 잘못되기라도 했으면 어쩔 뻔했어? 어!

잘못되긴 뭘 잘못돼. 다음 주면 퇴원이라며. 일주일만 서란이 보고 가라 그래.

어쩜 그렇게 이기적일 수가 있어? 아직 중학생인 애가 거기서 어떻게 있니.

그럼 나는? 나는!

넌 곧 스무 살도 되는 애가, 병수발 하나 못 하겠다고 지금 이러는 거야? 평생 하라는 것도 아니고 잠깐 하는 것 가지고 이 사달을 낸 거야? 엄마 그렇게 편찮으신데, 네가 제정신이니?

정목은 자조했다.

그래. 내가 죄인이네. 다 내가 잘못했네.

그런 얘기가 아니잖아.

그럼 무슨 얘길 하고 싶은 건데? 왜 다들 나만 가지고 뭐라 그래! 중학생이면 뭐, 왜 못 해? 난 초등학교 때부터 쟤 뒤만 따라다니고 살았는데. 그게 뭐 대수야? 대수냐고!

더는 못 참겠다는 듯, 정희는 문을 쾅 닫고 나가버렸다. 정목은 그대로 거실 바닥에 주저앉았다. 너무도 허망해서, 눈물도 나오지 않았다. 모든 걸 다 잃어버린 사람의 기분을 알 것 같았다. 그러다 웃음이 나왔다. 무엇도 가져본 적 없으면서. 손이 바들바들 떨렸다. 정목은 저도 모르게 무릎을 꿇고 있는 자신을 보곤, 화가 나서 자세를 고쳐 앉았다. 어차피 정희는 밤이 지나도 오지 않을 터였다. 저를 대신해 성옥을 돌보러 갔을 테니까. 정목은 차라리 모든 걸 다 망쳐버려서, 모든 걸 다 망가뜨려서, 속이 시원하다고 느꼈다. 이래서 뭔가를 가지고 있는 건 좋지 않은 거구나 싶었다. 가지고 있는 게 있으면, 그게 언제 망가질지 몰라 불안해해야 하니까. 저는 아무것도 가진 게 없어, 무거울 게 없었다. 더는 불안하지도 않았다. 더는 꿈이 없었지만, 오롯이 제 것일 수 있는 유일한 바람으로 그려낸 미래는 볼 수 있었다. 누구에게도 말할 수 없었지만, 그래서 도리어 더욱 소중하고 간절하고 중요했다.

정목은 얼마간 서란의 닫혀있는 방문을 응시하다가, 제 방으로 들어갔다.

울분을 참으려 심호흡을 하고선, 다급히 짐을 싸기 시작했다. 책가방에 있던 문제집과 교과서, 필기구를 다 빼내고, 속옷과 양말, 티셔츠와 반바지를 욱여넣었다. 그리고 안방으로 가선 브래지어와 팬티 아래 있는 오래된 다이어리를 꺼내 그 속에 든 돈을 챙겼다. 그렇게 재빠르게 움직일 수 있었던 것은, 이런 날이 언젠가 올지도 모른다고 생각해왔던 탓일 터였다. 아니, 언젠가는 이런 날이 오기를 바랐는지도 몰랐다.

안방을 나서 현관에서 운동화를 신는데, 서란이 저를 빤히 보는 시선이 느껴졌다.

뭘 봐.

서란은 우물쭈물하다가 물었다.

어디 가려구?

네가 알아서 뭐 하게.

정목은 운동화 끈을 고쳐 매곤 집을 나갔다.

충동적으로 집을 나왔지만, 딱히 갈 곳은 없었다. 정목은 동네를 걷고 걷다가 지쳐선 버스를 타고 한참을 앉아서 창밖만 보았다. 종점까지 갔다가 다시 거기서 시내로 가는 버스를 타곤 또 한참을 무의미하게 몸을 맡기고 있었다. 엠피쓰리 화면은 자꾸만 깜빡깜빡 거렸다. 화면이 나가려는 건지, 아니면 기계 자체가 고장이 나려는지 모르겠지만, 정목에게 엠피쓰리는 소유 이상의 의미를 가진 것이었다. 영어 듣기를 해야 한다는 핑계를 대고는 성옥에게 돈을 받아내 샀던, 네모난 은색 엠피쓰리는 라디오도 들을 수 있었고 용량도 일 기가나 됐다. 예쁜 미키마우스 모양이나 아이리버 피엠피를 가진 애들 앞에서 보이기엔 부끄러워 학교에선 잘 쓰지 않지만, 등하굣길을 지루하지 않게 만들어주는 친구 같은 존재였다. 정목은 엠피쓰리로 음악을 들으며 오랫동안 시내를 정처 없이 걸어 다녔다. 그러다 결국 화면이 나오지 않게 되었다. 정목은 그게 꼭 제 처지 같다는 비약적인 생각에 울컥한 채로, 어느 불 꺼진 휴대폰 대리점 앞에서 시간을 죽이고 있었다. 그러다 하는 수 없이 피씨방에 들어갔다. 찜질방은 너무 비쌌고, 노래방은 위험하게 느껴져서, 갈 수 있는 곳은 거기뿐이었다.

피씨방에서 쪽잠을 자고, 아침에 나와선 롯데리아에서 제일 싼 햄버거 하나를 사 먹고 세 시간을 죽치고 앉아 있었다. 그러고 있는 것만 해도 좀이 쑤셔서 결국은 또 거리로 나와서성이는 것밖엔 할 일이 없었다. 친구네 집에라도 갈까 싶기도 했지만, 저를 받아줄 정도의 친구가 없다는 생각에 괜히 더 울적해지기만 할 뿐이었다.

  날은 미치도록 더웠다. 가만히 서 있기만 해도 등에 땀이 한 바가지로 났다. 비가 올 때는 꿉꿉해서 싫더니, 비가 안 올 때는 온통 땡볕처럼 뜨거워서 힘이 들었다. 정목은 가방을 앞으로 맸다 뒤로 맸다 하며, 간간이 화장품 가게나 영화관 안으로 들어가서 땀을 식혔다. 괜히 갈 곳 없는 사람으로 보이긴 싫어서 뭔가를 살 것처럼 굴거나 무슨 영화를 볼까 고민하는 척을 했다. 그런 제가 구차하게 느껴졌지만 달리 도리가 없었다. 그러다 마침 보고 싶은 영화를 발견했다. 학교에서 애들이 좋아하는 배우가 나온다며 보러 가자고 했던 게 생각이 났다. 이걸 아직도 상영하고 있었네. 정목은 그 영화를 보고 싶었다. 그래야만 자신이 다른 애들과 다르지 않다고 느낄 수 있을 것 같았다. 하지만 수중에 있는 돈의 절반을 써야 겨우 한 편을 볼 수 있었다. 왜 정희는 그렇게 작은 돈을 거기에 숨겨 놨을까. 어쩌면 서란이 아니라 제가 그 돈을 훔친다는 걸 알고 있었을까. 정목은 백화점을 일 층부터 칠 층까지 걸어 다니면서 하루를 보냈다.

  뭐야?

  정목은 거뭇한 수염 자국처럼 까슬까슬한 목소리를 듣고서야 고개를 들었다. 정규가 저를 기가 막히다는 듯 보고 있었다.

  결국 정규의 집으로 찾아온 까닭은, 다름이 아닌 감기 때문이었다. 제대로 먹지도 자지도 않고 여기저기 쏘다니기만 했더니 병이 들었는지, 머리가 어질하고 열이 나고 조금만 움직여도 힘에 부쳤다. 지하철 화장실에서 세수를 하다가 부어있는 얼굴을 보고서야 감기에 걸린 걸 알았다.

여긴 어떻게 알고 왔냐?

정목은 힘없이 조소했다. 그야, 엄마 따라서 무거운 김치통을 들고 왔다 갔다 하느라 알았지. 성옥은 말은 잘 안 했지만 늘 정수보다도 정규를 더 걱정했다. 남자애가 혼자 살면서 밥은 잘 먹고 다닐는지, 만날 앉아서 공부만 하느라 골병이라도 들진 않는지, 하면서 말이었다. 주말에 성옥과 둘이서 외출할 때는 오로지 정규의 집에 반찬을 챙겨주러 갈 때뿐이었다. 성옥은 반찬만 챙겨주러 가는 게 아니라 정규의 홀애비 냄새가 나는 집을 깨끗하게 치워주고, 덜 마른 빨래를 다시 세탁기에 넣어 돌리고, 설거지를 해놓고는 했다. 정목은 성옥의 옆에서 빨래를 널고 김칫국물이 흐른 냉장고 칸을 닦으면서 생각했었다. 오빠는 정말 아빠를 똑 닮았구나, 그 호칭이 빼닮은 것만큼이나, 하고.

정목은 오래 쭈그리고 앉아 있느라 저린 다리를 폈다. 쥐가 나서 휘청이다가, 부르튼 입술을 혀로 축였다.

됐다. 뭔진 모르겠지만, 가. 피곤하다.

나 좀 재워줘.

뭐?

정규는 이것 봐라, 하는 눈으로 정목을 쏘아보았다.

너 설마, 가출이라도 했냐?

…….

어이구, 잘하는 짓이다. 장하다, 장해. 여자애가 겁도 없이.

정규는 그대로 정목을 지나쳐 집문을 열었다. 정목은 말없이 정규의 뒤를 따라 집 안으로 들어갔다.

올 때마다 성옥과 제가 때 빼고 광 내서 청소를 하고 갔는데도, 왜 다시 오면 퀴퀴한 냄새가 나는 꼬락서니로 원상 복귀가 되어 있는 건지 알 수 없었다. 여기저기 구겨진 양말에 팬티가 널브러져 있고, 이런저런 서류나 책과 잡동사니가 쌓여 있는 데다 테레비나 선반 위에는 죄 먼지가 두껍게 내려앉아 있었다. 살 돈이 다 어디서 난 건지 제일 안쪽 방엔 온통 옷가지가 오래된 행거에 매달려 있거나 침대 위에 아무렇게나 쌓여 있었고 열어놓은 화장실에선 인위적인 방향제 냄새가 흘러나오고 있었다. 거실엔 두꺼운 브라운관 테레비와 선반들, 그리고 횡한 매트리스 하나가 놓여 있었다. 군데군데 푹 꺼져 있거나 누런 자국이 있었다. 정목은 절로 미간을 찌푸렸다.

밥이나 먹고 가라. 라면 끓여줄까?

정목은 으응, 하고 심드렁하게 대꾸했다.

정규는 개다리소반같이 생긴 작은 상을 내놓고는 라면을 끓였다. 곧 사방에 냄비 뚜껑 덜그럭거리는 소리와 함께 라면 냄새가 진동했다. 그 더럽고 추레한 곳에서, 정목은 잃어버린 집을 닮아있는 인상을 느꼈다. 무엇이든 들이기만 하면 제 오롯한 냄새를 가득 풍기는구나. 그것들이 죄다 섞여선 뭐라 이름 지을 수도 없는 냄새가 되어버리는구나. 정목은 상에 냄비 받침과 젓가락과 수저를 놓았다. 물잔도 가져다 놓았다. 태수가 라면을 끓여준다고 생색을 낼 때도 그랬듯이. 정규는 아뜨뜨, 하며 양은 냄비를 가져 오고는 맛있게 먹으라며 김치도 가져왔다. 작년에 성옥이 담근 김치일 터였다.

맛있지.

응.

이상하게 라면은 맛이 안 났다. 대신 김치의 맛만 느껴졌다. 성옥은 김치를 담글 때 설탕을 넣었다. 학교 가정 시간에서 그건 아니라고 배웠다고 해도 성옥은 제 방법을 고집했다. 맛있으면 그만이라며. 정목은 성옥이 떠올라서 목이 메었지만, 모른 체하고 김치를 먹었다. 우석우석, 꼭 종이를 씹는 소리가 났다.

 진짜 여기서 자고 갈 거냐?
 응.
 언제 갈 건데, 그럼.
 …….
 너 진짜 작정하고 나온 거야?
 …….
 미쳤어? 기집애가 겁대가리를 상실했나.
 정규는 뒤늦게 생각났다는 듯 탄성을 내곤 말했다.
 그러고 보니까, 엄마는? 엄마 아직 병원에 계실 거 아냐.
 …….
 정규는 정목을 보고는 한심하다는 듯 고개를 저었다.
 냄비와 수저를 개수대에 그대로 놓고는, 얼마 있다가 정규는 일이 있다며 나가버렸다. 정목은 화장실에서 정규가 하는 통화를 엿들어서 알고 있었다. 오늘 제가 오지 않았다면 집에 여자를 부르려고 했다는 사실을. 그 여자는 아마 이름도 집도 모르는 여자일 터였다. 그런 점에서 정규에게 그 여자란 저와 별로 다르지 않다는 생각이 들었다. 다른 게 있다면 눈요기를 할 수 있느냐 없느냐 뿐. 대신 정목은 혼자일 수 있어서 다행이라는 생각이 들었다. 어디라도 좋으니 두 다리를 뻗고 누워 있고 싶었다. 그게 설령 제가 싫어하는 사람의 오만과 오독의 냄새가 가득 배어 있는 곳일지라도. 매트리스 위에 이불을 깔고도 꺼림칙해서 요를 두 개 더 깔고서야 겨우 맘 놓고 누울 수 있더라도.

원 없이 테레비를 보다가 잠든 건, 간간이 오토바이 소리나 옆집의 볼일 보는 소리만이 들리는 고요한 새벽이었다. 온통 어두컴컴한 사위에서 네모난 화면만이 빛을 내고 있었다. 재미있는 건 하나도 나오지 않았지만 정목은 키득거리며 그 화면에서 눈을 떼지 않고 있다가, 저릿한 눈가를 어루만지곤 잠이 들었다.

잠에서 깨었을 때, 바로 보인 건 익숙한 등이었다. 날개뼈가 보이지 않고 둥그런, 옆구리 살과 가슴살이 접혀 있는 등은 제가 잘 아는 것이었다. 어떤 안정감과 거북함의 기묘한 균형. 그것은 앞뒤를 바꾸면 전혀 다른 것이 되고, 그 균형을 깨뜨리고야 마는 것이었다.

일어났니?

⋯⋯.

정목은 그게 성옥이 아니라 정희였다는 것에 놀라서 아무 말도 할 수 없었다.

그만 일어나. 이것만 하고 가자.

정희는 별말 없이 냉장고 정리를 하고 있었다. 거실 여기저기 널려 있던 양말이나 팬티 같은 건, 정체를 알 수 없는 서류나 이상한 잡동사니 같은 건 어디로 갔는지 보이지 않았다. 정목은 그 순간 너무도 소름이 끼쳐서 목이 메었다. 어제와는 다른, 불길한 거북함이었다.

정희의 마티즈를 타고 가는 길, 정목은 정희의 말을 따라 조수석에 앉았다. 뒤에는 장을 봤는지 박스에 가득 담긴 과자나 반찬 재료들이 있었다. 정목은 무슨 말을 해야 할지 몰라서, 어떤 태도를 취해야 할지 몰라서 얼떨떨하고 영문을 알 수 없는 채로, 가방을 소중한 보물이라도 되는 마냥 꼭 껴안고 가만히 있었다.

집 나가서, 뭐 재밌는 거라도 있었어?

정목은 고개를 저었다.

엄마 퇴원하셨다.

왜?

의사 선생님이 퇴원해도 된대서.

…….

정목은 정희가 제게 평소와 다름없이 죄책감을 지우려는 걸 알았다. 그래야만 앞으로도 제 짐을 나눠 지게 할 수 있을 테니까.

넌 그거 모르지.

하지만 그것만은 알지 못했다. 그렇게 말하는 정희의 얼굴은 그 어느 때보다도 건조하고 거침없어 보였다.

엄마는, 널 지울 수도 있었어.

그게 무슨 말이냐고, 묻기도 전에 정목은 그게 무슨 뜻인지를 너무도 명백히 알 것 같은 기분에 휩싸였다. 그건 오로지 저를 향한 빗발이었다. 아래로 내려치는 게 아니라 아래로부터 차올라오는, 매서운 기만과 속박의 줄기. 끝을 알 수 없이 길고도 억센 줄기가 저를, 제 목을, 제 영혼의 알맹이를, 두려움에 짙어진 눈을, 모조리 에워싸고 있는 느낌이었다.

너 태어나기 전에, 애가 하나 더 있었거든. 있을 뻔한 거였지.

…….

근데 왜 너는 안 지우고 그냥 낳은 줄 알아?

정목은 고개를 저었다. 세차게 고개를 저으면서, 울음을 삼키느라 속이 용암처럼 뜨거워지는 걸 느꼈다.

 엄마가 그랬거든. 네가, 네가 꿈에 나왔다고. 네가 꿈에 나와서는 손을 흔드는데, 자기도 따라서 손을 흔들어줬다고. 그래서 도저히 지울 수가 없었다고.

 …….

 그때 엄마, 마흔다섯이었어. 마흔다섯. 넌 모를 수도 있겠지만 그 나이에 애를 낳으려면, 정말 죽을 각오를 해야 하는 거야. 그게 얼마나 대단한 건지 알아?

 …….

 그러니까 우린, 평생 엄마한테 감사하고 살아야 되는 거야. 알겠어?

 정희에게서 그런 고압적인 말투는 처음 듣는 것이었다. 정목은 그런 모습이 제가 아는 누구도 닮지 않았다는 걸 느꼈다. 그런데도 그건 제가 알지 못했던, 그럼에도 어쩌면 알아주길 바랐던 것처럼 제 속에 잠재해있던, 원초적인 무언가를 건드리고 들쑤시다 못해, 끝내는 심장처럼 펄떡펄떡 뛰게 만드는 위력을 가지고 있었다. 엄마는 강하다는 말은 그런 뜻일까. 딸들을 고개 숙이게 만드는 것. 그렇게 자신의 부정한 힘을 인식하는 것밖에는 자신의 가치를 확인할 수 없는 것. 정목은 지난날에 수도 없이 했던 생각을 후회하고 부인했다. 정희가 제 엄마이길 바랐던 것. 제가 정희의 동생이 아니라 딸이길 바랐던 것.

 무언가를 바라서는 안 되었던 것이다.

 그저, 누구의 딸도 아니었어야 했던 것이었다.

 하지만 그런 생각이 드는 동시에, 과연 성옥은, 정희는, 엄마란 존재가 되고 싶었을까 하면 그것은 아닐 터였다. 아마도 진심으로 무엇이 되고 싶어서 되는 사람은 세상에 없을지도 몰랐다. 그저 살다 보니 무언가가 되어 있고, 되어가는 것일 터였다. 그럼에도 죄스러웠다. 그래서 증오할 수가 없었다. 증오는 가장 뼈 아픈 사치 같았다. 아무리 세상에 떼를 쓰고 빌어도 가질 수 없는.

다시 돌아가자마자 성옥의 얼굴을 봐야 하는 일은 곤욕스러웠다. 하지만 정목은 아무렇지 않은 척했다. 정희가 무슨 말을 해두었던 건지, 성옥은 그저 저를 못마땅하다는 시선으로 보고는 혀를 찰 뿐이었다. 정목은 그게 다행이라고 생각했다. 차라리 아무런 말도 듣지 않는 게 나았다. 저도 아무런 말을 하지 않아도 될 테니까.

엄만, 날 왜 낳았어?

그 말을 성옥이 듣지 못해서 얼마나 다행인지 모르겠다고, 정목은 자주 생각했다. 군말 없이 성옥의 뒤치다꺼리를 하면서. 성옥의 끼니를 챙기고, 성옥과 함께 바깥에 나서고. 간혹 돌아오는 길엔 장거리를 들고 성옥의 뒤를 따르고, 다시 성옥이 일을 구하기 위해 인력회사에 갈 때 입을 옷을 다려주고, 성옥의 김치로 찌개를 끓이는 내내, 정목은 생각을 거듭했다. 아무에게도 말할 수 없는, 더는 들어줄 존재가 없는 얘기들을, 실처럼 끝이 없을 듯이 자아내고 또 자아냈다. 만일 그 애가 태어났다면. 내가 아니라 그 애가 이 집의 막내딸이었다면. 정희에게 그 이야길 들은 후로 그것은 상상이 아니라 더욱 구체적이고 불가역적인 현실로 그려지고 있었다. 그 애의 이름은 정미, 비슷한 이름이었겠지. 왜 제 이름이 정목이냐고 물었을 때, 엄마도 아빠도 별 뜻은 없었다고 했었지만, 기실은 그건 남자애를 바라고 지어둔 이름이었다는 걸 알고 있었다. 어쩌면 그 애는 태수를 닮아 쌍꺼풀이 있을지도 모르고, 저와 달리 추위를 잘 탈지도 모르고, 공부하는 것이나 인내하는 것 말고는 할 줄 아는 게 없는 저와 달리 유별난 재능이 있을지도 몰랐다.

왠지 서글픈 기분이 들었다. 존재하지도 않는 존재에 대해 왜 이리도 무거운 그리움이 드는지 알 수 없었다.

자꾸만 그려지는 건, 원하기 때문이 아니라 그저 안타까워서일까.

정목은 밥풀이 들러붙은 그릇을 수세미로 박박 긁어내며 생각했다. 아냐. 태어나지 않길 잘한 거야. 그 애가 꿈에 나오지 않은 건 태어나길 원하지 않아서였을지도 몰라. 그렇다면, 나는…… 태어나기 전의 나는, 태어나길 갈망하고 있었나? 아니면 그때도 나 자신을 미워하고 있었나? 그래서 스스로 저주한 것이었나? 이런 질곡뿐인 삶을 살라고. 다른 이유는 없으니, 영문도 모른 채 그저 되는 대로 살아가라고. 도무지 잘 떼어지지 않는 밥풀에 짜증이 나서 정목은 그릇을 내팽개쳤다. 쨍그랑, 깨어지는 소리에 안방에서 성옥이 무어라 하는 말이 들렸지만, 정목은 듣지 않았다. 그래. 차라리 내가 태어난 게 나을지도 몰라. 그 애가 어떤 애였을 진 모르겠지만, 무척 힘들었을 거야. 그러니까. 어쩔 수 없는 거야. 어쩌면 나는 그 애 몫까지 사느라 이렇게나 버거웠을지도 모르지만. 정말로 어쩔 수 없는 거야. 모두가 그런 알 수 없는 저주에 걸려 있는 거야.

깨진 그릇 조각을 모아서 쓰레기통에 버리면서도 생각은 멈추질 않았다. 깨어진 건 다시는 완벽하게 되돌릴 수 없는 것처럼, 나도 태어나기 전부터 이미 망가져 있던 거야.

하지만 그건 내 잘못은 아니야. 그냥 그랬던 것뿐이지.

한없이 부풀려진 생각은 차라리 가벼웠다. 그래서 쉽게 그리고 쉽게 지울 수가 있었다. 하지만 모두 흔적이 남았다. 흔적을 남기는 것은 냄새도 가지고 있었다.

정목은 아무도 저를 보지 않을 때, 자주 제 체취를 맡는 버릇이 생겼다. 혹여 제 은밀한 생각이 드러나 이상한 냄새가 나진 않는지. 어떤 누군가 제 생각을 다 읽어버리곤 낯을 찡그리진 않는지. 정목은 자주 손을 씻고, 싸구려 방향제를 몸에 뿌리고 다녔다. 언젠가는 잡지에서 본 향수를 사야지, 생각했다. 나중에, 꼭 나중에는. 좋은 향기만을 풍기는, 얼굴 찡그릴 일이 없는, 근사한 어른이 되어야지. 대학생이 되면 어른이 될 줄 알았던 것처럼, 정목은 잡지에서 오려 공책 맨 뒷장에 붙여놓은 향수 광고 사진을 보면서, 그 향수를 사야만 어른이 될 수 있을 거란 믿음을 품었다.

성옥이 일을 다니기 시작한 뒤로 정목은 가망 없는 자유를 얻게 되었지만, 기뻐하지도 느슨해지지도 않았다. 그저 공부만 했다. 더는 성옥도 정희도 제게 성적표를 받아 보길 기대하지 않았지만, 도대체 무엇이 되어야 할지, 어디로 가야 할지 몰랐지만, 정목은 근사한 향기가 나는 어른이 되고 싶단 것 같은 꿈 비스무리한 것을 지키려고 애쓰고 있었다. 뭐라도 매여있는 듯이 꽉 잡고 있지 않으면 불안해서, 어차피 다들 본분을 지켜야 한다고 하니 그 말 그대로 사는 게 나쁘지 않아서, 제가 속한 두 세계 중 한 곳에서라도 인정을 받고 싶어서, 정목은 공부를 했다. 그리고 꿈에는 과거와 미래가 뒤죽박죽으로 뒤섞여 나오곤 했다. 옛날에 살던 집에서 무슨 일을 하는지 모르는 회사를 다니는 자신을 보기도 하고, 낯선 사람이 제 이름으로 불리는 것을 보기도 하고, 좋아했던 시트콤 속의 배경에서 끝도 없는 길을 걷고 또 걷는 장면 속에 갇혀 있기도 했다.

담배 안 배울래?

처음, 가끔 같이 놀던 딴 학교 애한테서 그 말을 들었을 때는, 좀 웃기다는 생각이 들었다. 담배를 배운다니. 그게 배워야만 할 수 있는 건가. 그래서 어른들만 피우는 건가.

그래. 가르쳐줘.

정목은 호기롭게 담배에 불을 붙였지만, 연기를 들이마시다 구역질이 났다. 친구는 그런 정목을 보곤 재밌다는 듯 비웃기만 했다. 정목은 그게 기분 나빠서, 한 개비를 더 피울 때는 아무렇지 않은 척했다. 속이 메스껍지도, 눈물이 나지도, 혹시 누가 저를 보곤 학교에 알릴까 걱정하지도 않는 척을 잘도 하면서 정목은 담배를 배웠다. 그리고 냄새를 감추는 법을 함께 배웠다.

하필 며칠 후엔 성교육 시간이 있었는데, 거기선 여자가 담배를 피우면 미래의 아이를 병들게 한다는 얘기를 들었다. 빨간 테의 안경을 쓴 고지식한 보건 교사가 늘어놓는, 그런 류의 얘기를 들으면서 정목은 의아해했다. 태어나지도 않은 존재에게 해를 가한다고 뭔가를 하지 말라는 건 뭘까. 정작 이미 태어난 존재에게는 온 세상이 해를 가하면서. 정목은 그게 아리송하면서도 불쾌했다. 맨 뒷자리 남자애들은 야한 낙서를 끄적이면서 낄낄거리고 있었다. 정목은 그 애들이 한심하게 느껴졌다. 그와 동시에, 보건 교사에게 예기치 못한 질문을 던져 그를 경악케 하고 싶다는 충동을 느꼈다. 아이는 어떻게 지우나요? 그렇게 물으면, 옛날에 정희를 따라 몇 번 가봤던 교회에서 보여준 동영상 같은 걸 또 보여줄까. 모든 존재는 소중하고 가치 있다고 하지만, 실은 하나도 그렇지 않은 걸 다들 알면서. 정목은 그 수업 시간이 지루한 예배와 다름없게 느껴졌다.

담배는 그저 가끔의 일탈일 뿐이었다. 유치하지만 잠깐이나마 어른이 된 듯한 기분을 느낄 수 있는 취미라고도 할 수 있었다. 야자를 하고 집에 가기 전, 으슥한 골목에서 친구와 담배를 피우면서 반 애들이나 선생님 욕을 하는 게 즐거웠다. 물론 얘기하고 싶은 건, 언제나 미래였지만, 정목의 주변에는 미래에도 함께이고 싶은 존재가 없었으므로 정목은 어떤 가정과 바람도 입에 올리지 않았다.

그때, 정목은 익숙한 교복 차림의 인영이 제 앞을 지나가는 걸 보았다.

아뿔싸. 정목은 하마터면 그대로 담배를 입에서 떨어뜨릴 뻔했다. 서란이었다.

야, 오늘 우리 집 안 갈래? 울 엄마 문상 가서 안 온다는데.

정목은 고개를 저었다. 저를 슬쩍 보곤 지나간 서란의 뒷모습을 바라보며 꽁초를 발로 짓이겼다.

구질구질하다….

뭐?

너한테 한 말 아냐.

그래서, 우리 집 갈 거냐고.

아니. 못 가.

왜, 같이 치킨도 시켜 먹고 놀자.

됐어.

정목은 그대로 서란의 꽁무니를 밟듯이 뒤를 따라갔다. 서란의 보폭은 저보다 큰 키만큼이나 넓었고 걸음걸이는 빨랐다. 정목은 일정한 거리로 사이를 좁히기 위해 숨을 헐떡이며 경보를 해야 했다. 점점 둘 사이는 좁아지고 그림자는 이파리처럼 서늘한 바람을 타고 겹쳐졌다. 정목은 얼른 서란을 붙잡고 절대로 집에는 얘기하지 말라고 하려고 했지만, 왜인지 서란을 붙잡기가 어렵게 느껴졌다. 더는 서란이 제 조카도, 동생도 아닌, 그저 남처럼 느껴졌다. 남인데, 같은 집에 살고, 같은 학교를 나오고, 하나도 닮지 않았는데, 사람들은 죄 닮았다는 소리를 하는 게 이상하다고 생각했다.

먼저 입을 연 것은 서란이었다.

배 안 고파?

서란은 늘 그렇게 제게 말을 걸었다. 제가 무슨 걸신들린 것도 아닌데 왜 저만 보면 배고프지 않냐고 묻는 건지. 그리고 지금 정작 하고 싶은 말은 따로 있을 텐데. 정목은 서란이 모른 척해주려는 건지, 아니면 집에 들어가서 몰래 얘기하려는 건지, 알 수 없어서 그를 경계하며 대꾸했다.

배고프지.

그럼 같이 라면 먹을래?

언니가 보면 뭐라 할 텐데. 살찐다고.

에이, 딱 오늘만 먹는다고 그럼 되지.

너는 그렇게 말하면 다 통하나 보구나. 정목은 작게 조소를 짓고는 서란을 앞질러 걸어갔다. 어느 때고 싸늘한 공기와 발을 내디딜 때마다 정적을 울리고 공명하는 소음이 감도는 계단을 올라, 집으로 들어가자 더욱 찬 공기가 둘을 맞아주고 있었다. 또 성옥이 환기를 한답시고 거실 창문을 열었다가 깜빡하고 잠든 모양이었다. 정목은 한숨을 쉬며 창문을 닫고 방으로 들어갔다.

  곧이어 부엌에서 서란이 부산스럽게 움직이는 기척이 들렸다. 정목은 옷을 갈아입고 침대에 누워 멍을 때리다가, 수능까지 남은 날수를 계산해 보았다. 수능 백십일 일 전. 벌써, 일 년이 지났다니. 그 비밀 얘기를 들은 뒤로부터. 실감이 나질 않았다. 그건 서란이 모르는 이야기, 성옥은 잊어버렸을 이야기, 그리고 정목은 살아가면서 단 한 순간도 잊어버릴 수 없을 이야기였다. 정목은 돌연 서랍으로 가 방향제를 꺼내 온몸에 뿌려댔다. 그리고 갈비뼈 아래로 살짝 불룩한 배를 어루만져 보았다. 존재하지 않는 것을 존재한다고 생각하고 살아가는 사람이, 사람들이, 문득 무섭다는 생각이 들었다.

  언니. 라면 먹자.

  서란이 불렀지만 정목은 대답하지 않았다.

  언니이.

  끝까지 무시하고 싶었다. 하지만 혹시나 기분이 나빠진 서란이 정희나 성옥에게 오늘 본 것을 얘기해 버릴까봐, 정목은 왠지 무겁게 느껴지는 몸을 일으켜 방을 나섰다.

  정목은 간간이, 몰래 서란의 눈치를 살폈다. 서란은 평소와 다름없는 낯으로 열심히 라면을 후후 불어가며 먹고 있었다. 그 반질반질한 얼굴은, 제가 차린 상을 아무런 기쁨도 고마움도 없이 그저 먹어 치우기만 하던 어릴 때와 다른 게 없어 보였다. 선이 좀더 굵어지고 윤곽이 잡힌 얼굴이었지만, 여전히 아무것도 모르는, 모르는 체하기를 세상에서 제일 잘하는 듯한 그 얼굴이었다.

  언닌 가고 싶은 대학 있어?

  그 얘길 듣고, 정목은 제가 갈 곳이 대학이 아니라는 걸 깨달았다. 꽤나 이상한 연관성이었다.

아직 몰라.

누가 들었으면, 수능이 이백 일도 안 남았는데 속 편한 소리 한다고 할 수도 있겠지만, 정목은 정말로 그랬다. 대학을 가는 건 제가 어른이 되기엔 아직 부족하다고 하는 것처럼 느껴졌다. 정목은 문득, 정말로 아무것도 모르는 건, 자신이라는 생각이 들었다.

언니, 어디 아파?

정목은 울컥한 얼굴로 고개를 저었다.

사실은 아무것도 모르고 싶은 거였다. 아무것도 몰라도 살 수 있었으면 했다. 아무런 삶의 변화의 기미도, 구차함의 흔적도, 냄새도 느끼지 않으면서 말이었다.

하지만 그럴 수가 없었다. 제가 태어났을 때. 그리고 정희에게서 그 이야기를 들었을 때. 정목은 자신이 두 번 태어난 것 같다고 느꼈다. 그래서 똑같이 두 번이나 그 끔찍한 고통을 겪었다고 느꼈다. 정목은 제가 잃어버린 것들을 생각했다. 엄마의 조건 없는 애정과 손길. 손쉬운 거짓말들. 칠이 벗겨지도록 가지고 놀았던 탑블레이드와 인형들. 오래된 집과 속속들이 알던 동네. 마음껏 울 수 있었던 혼자만의 여린 밤들. 그리고, 어쩌면 제가 가질 수 있을지 몰랐던, 또 한 명의 언니, 어쩌면 제게 다정했을지도 모를 유일한 존재. 정목은 그게 자신이 갖지 못한 것 중, 갖지도 못한 채 놓쳐버린 것들 중 가장 아프게 느껴졌다.

대학을 안 가겠다니 그게 무슨 소리야.

담임 교사는 정목을 데리고 교사 휴게실로 갔다. 정목은 그와 단둘이 있는 것이 불편했지만, 그의 두꺼운 살 아래 접힌 눈길이 제 얼굴을 훑는 것을 참으며 말했다.
 어차피 저희 집 형편 안 되는 거 아시잖아요. 대학엘 가는 것보단 그냥 빨리 돈이나 버는 게 낫죠.
 정목아, 너 정도면 인문계 급이야. 응? 거기다 너는 특별전형으로 들어갈 수 있어서 어떻게 보면 걔네들보다 더 유리해.
 선생님, 저 다 생각하고 말씀드리는 거예요.
 …….
 그리고 집 때문에도 그렇지만, 그냥 대학을 가기 싫어졌어요.
 그건 사실이었다. 제게 주어져 있던 기대와 이상의 집합체와 같던 대학이, 더는 아름답고 낭만적인 꿈이 아니라 그저 또 하나의 짐으로 느껴질 뿐이었다. 어른이 된다는 건 더는 제가 바라는 대로 살 수 없다는 걸 깨달아가는 게 아닐까. 그렇다면 저는 네 살 때 이미 어른이 된 게 아닐까 싶기도 했다.
 누군 가고 싶어도 못 가는 데를 안 가고 싶다니. 나 참.
 …….
 어머니랑은 얘기 다 된 거냐?
 네.
 정목은 비소를 삼켰다. 어차피 성옥은 제게 관심을 끊은 지 오래였다. 대학 타령이나 간섭도 서란에게만 하고 있었다. 차라리 마음 편한 일이었다. 비록 서란에게 제 짐을 일정 떠넘겼다는 데 대한 미안함이 간혹 들 때도 있지만, 그래봤자 제가 겪어온 것에 비하면 부족하다는 생각에 어떤 감정도 갖지 않기로 마음먹었다.
 알았다. 인제 9월부터 슬슬 면접 여기저기 들어올 거야. 그때까지 준비 잘하고.

네.

그래도 성적은 유지해야 되는 거 알지? 일 간다고 공부 놔버리면 안 된다이.

네.

휴게실을 나서니 복도엔 썰렁한 공기가 감돌았다. 그 온도 차에 정목은 몸을 흠칫 떨었다.

문득 교정의 풍경이 하나둘씩 눈에 들어왔다. 정목은 교실로 가지 않고 학교를 거닐었다. 간간이 교사와 마주치면 태연하게 인사를 하곤 어디 갈 곳이 있는 양 자연스럽게 지나쳤다. 늦여름의 건조하고 맑은 햇살이 살갗에 닿는 느낌이 좋았다. 포말처럼 부드럽고 투명하게 부서지는 느낌. 정목은 새삼스럽게, 또 다른 희망이 제 가슴을 채우는 것을 느끼고 있었다. 이상하리만치 발걸음이 가볍고, 원한다면 어디로든 갈 수 있을 듯한, 낯설고도 매혹적인 기분이 들었다. 누구에게도 설명할 수 없는 마음이 그 모양 그대로 볼록하게 부풀어 있었다. 살짝만이라도 건드리면 터질까봐 조마조마하기도 했다.

성적도 평판도 좋은 정목에게는 주로 은행 면접이 들어왔다. 다리미로 다려 새것처럼 빳빳해진 교복을 입고 면접을 가면서도 정목은 별로 긴장이 되지 않았다. 이상하게도 어디든 제가 갈 곳이 있으리란 게 의심되지 않기 때문이었다. 그런 자신감 덕분인지 면접은 꽤 수월하게 볼 수 있었다. 정목은 면접을 보고 나올 때마다 마주치는 직장인들을 보며 저도 저들 중 하나가 될 수 있으리란 생각에 기쁨이 차올랐다. 실체는 막연하지만, 그 핵심은 선명한 기쁨. 그것만 있으면 아무리 끼니를 걸러도 허기가 들지 않았다. 담배를 피우고 싶단 생각도 들지 않았다.

마지막 면접을 보러 갈 때야 제 은밀하고 희망찬 선택을 들키고 말았다. 학교에서 연락이 간 모양이었다. 정목은 셔츠를 다려 입는 저를 유심히 쳐다보던 정희가 묻는 말에 입을 꾹 다물고 있었다.

너 진짜, 왜 우리한텐 암 말도 안 하고 그런 걸 너 혼자서 결정을 해?

마침 식탁에 앉던 성옥이 눈치를 살피고는 말을 얹었다.

됐다. 우리한텐 이제 아무 얘기도 안 하고 싶다는 거지. 머리 좀 컸다고 다 지 맘대로 하겠다는 거지 뭐.

정목은 정희가 이혼 소송 중이라는 걸 알고 있었다. 방 너머로 들려오는 얘기들을 원치 않아도 들을 수밖에 없는 탓이었다. 그렇게 정희의 신경이 날카로워진 와중에, 제 얘길 뒤늦게 들은 것이 그에게 배반처럼 느껴지리라는 것도 알았다. 정희에겐 저에 대한 강한 의무감이 있었으니까. 하지만 정목으로선 정말로 들려주고 싶지 않던 얘기였다. 정목은 혼자만의 결정을 내린 뒤로 줄곧 그렇게 마음을 먹고 있었다. 원하지 않는 얘기를 듣거나 하지 않아도 되는 삶을 살겠다고.

윤정목!

정목은 나 나가봐야 해, 하는 말이 목까지 차올랐지만 그대로 집을 나섰다.

그 은행은 버스를 두 번 갈아타고 사십 분이 걸리는 거리였다. 분위기는 전에 갔던 곳들과 비슷비슷했지만, 면접관의 인상이 조금 달랐다. 다 삼사십 대로 보이는 꽤 젊은 축에 옷차림도 말투도 세련된 사람들이었다. 서울에 가장 가까운 데라 그런가. 정목은 아침에 겪은 울분이 차오르는 만큼 더 크게 대답하고 더 선명하게 웃었다. 얼굴이 일그러져 그대로 자국이 남을 것처럼 웃었다. 어차피 돌아서자마자 지우면 그만이었다. 아무리 고까운 소릴 들어도 마냥 아무것도 모른다는 듯, 그러면서도 실은 알 걸 다 안다는 듯, 웃는 게 제일 쉬웠다.

집에서는 아무런 얘기도 하지 않았다. 의례적으로 하던 밥 먹었니, 하는 얘기도 제게 부러 하지 않는 정희와 성옥을 보고는 정목도 미약하게나마 남아있던 죄책감을 지웠다. 고작 그 정도만이라도 제게는 고마운 것이었는데. 집안은 추위를 잘 타는 성옥 때문에 늘 온도를 올려놓아 훈훈했지만 정작 체온을 가진 이들 간에는 싸늘한 분위기만이 감돌았다. 정목은 차차 그에도 적응해갔다. 어차피 적응할 것투성이였다. 당장 시월부터 학교에 가는 대신 은행에 가기 시작한 정목은 일을 배우느라 정신이 없었다. 고객 응대하는 것도, 통화 메뉴얼을 익히는 것도, 상품 관련한 사항을 외우는 것도, 눈 돌아가게 바쁘고 어렵게 느껴졌다. 차라리 공부가 쉽다는 생각마저 들었다. 물론 그런 얘길 했다간 아직 취업도 못한 친구들에게 욕을 들어 먹겠지만.

그래도 정목은 교복 대신 정장을 입는 제가 마음에 들었다. 일찍 일어나고 일을 갔다가 퇴근을 하면 바로 집에 와서 잠만 자거나, 다른 취업한 친구들을 만나 저녁을 먹는 것이 당연해진 제가 좋았다. 바쁘게 살면서 무엇 하나 제대로 지각하지도 감각하지도 못하지만, 스스로 일 하나를 마치고 얻는 안도감에 저만의 기쁨을 느끼는 것도 좋았다. 정목은 생각했다. 커피 심부름이나 성희롱쯤은 아무렇지도 않을 때까지, 죽을 때까지 다니겠다고. 제게 주어진 것 중 가장 좋은 것을 얻었다는 생각에, 정목은 어떤 부조리든 군소리든 참아낼 수 있었다. 다른 친구들에게 적당히 으스대고 참견할 수 있는 것도 재미있게 느껴졌다.

그렇게 바쁜 일과를 마치고 집에만 들어오면, 제가 유령이 된 것 같았다. 다른 사람이 된 기분이었다. 아무도 제게 간섭하지 않고 요구하지 않는 곳, 짐이 되지 않는 그런 곳을 집이라 할 수 있을까 생각이 들 때면 사무치는 고독이 빗발처럼 휘몰아쳐 왔다. 정목은 부채감을 덜기 위해 정희에게 돈을 부치는 것 말고는 아무것도 할 일이 없는, 제 역할이 없는 집에서, 저 혼자만 붕 뜬 느낌을 받았다. 교집합이라곤 없이 유리된 느낌 속에서 정목은 제가 대체 누구와 닮은 점이 있을까, 누구를 닮았을까를 생각했다. 일종의 몸부림이었다. 정목은 차례대로 하나둘씩 제 주변인들을 떠올려보았다. 차마 가족이라고 하기엔 정답지도 미덥지도 않아진 이들을. 성옥을, 정희를, 정수를, 정규를, 태수를, 그리고 서란을.

서란에 생각이 이르자 정목은 최후의 것으로 남아있던 죄책감을 느꼈다. 이제는 서란이 제 역할을 하고 있었으니까. 태수가 된 것처럼 모든 걸 받으려고만 하는 성옥에게 상을 차려주고, 궂은 심부름을 하고, 정희를 대신해 잡다한 집안일을 도맡고, 때로는 엄마도 할머니도 아니라 딸이나 손녀인 것처럼 보살핌을 필요로 하는 성옥을 돌봐주고……

정목은 그러한 책무의 부당함을, 무게를 알고 있었다. 누구보다 잘 알고 있었다.

언니, 밥 먹었어?

그럼에도 아무런 말도 하지 않았다.

언니.

저를 부르는 서란의 목소리를 못 들은 체하고 방으로 들어가버렸다. 그럼으로써 불완전한 단절에서 기묘한 안도감을 느끼곤 했다. 늘 외줄 타기와 같게 느껴지는 삶에서 유일하게 땅에 내려와 있는 시간이자 공간. 정목은 어느 어린 날의 밤처럼 조용히 흐느꼈다. 방 밖의 소리와 냄새는 무엇이든 죄 흘러들어오지만, 제 방에서 난 것들은 무엇 하나 흘러나가는 법이 없었다. 그래서 좋았다. 그래서 슬펐다.

윤정목.

그날따라 늦잠을 자버린 아침, 정신없이 머릴 말리고 나가던 정목은 정희에게 붙들리면서 묘한 기대감을 느꼈다. 무언가가 시작될 수도, 이어질 수도 있다는 기대감.

이번 달은 돈 안 보내니?

정목은 쓸쓸한 낯으로 얼버무리고는 집을 나섰다.

누군가 알려준 덕분에 버스를 한 번만 갈아타도 되었다. 대신 앉아서 가기란 하늘에 별 찾기였다. 그날은 웬일로 자리 하나가 나서 겨우 앉아서 갈 수 있었다. 기사가 운전을 험하게 하긴 하지만 그 대신 속도가 빨라서 덕분에 지각도 안 할 수 있었다. 좋은 징조 같았다. 그런데도 온종일 기력이 없었다. 정목은 그제야 모든 것에 무감각해진 자신을 느꼈다. 그래서 어떤 것에도 반응하지 않고 어떤 것과도 영합하지 않는 자신을 보면서 담담하게 생각했다. 이번에도 혼자만의, 혼자서밖엔 내릴 수 없는 결론을.

여느 때와 같은 아침이었다.

언니, 밥 안 먹고 가?

정목은 서란의 끈질긴 부름에도 굴하지 않고 집을 나섰다. 그리곤 버스를 탔다. 메주처럼 주렁주렁 매달린 채로 버스를 타고 내린 곳은 은행 근처의 조잡하고 오래된 번화가였다. 시장과 동사무소를 면하고 있는. 정목은 내리자마자 거침없이 어느 복덕방으로 들어갔다. 어서 오세요, 하는 나이 든 사장의 옹골찬 목소리와 윤택한 얼굴에서 신뢰성이 들었다.

전화 드렸었는데요.

아, 그 은행 다닌다는 아가씨?

네. 안녕하세요.

아유, 참 곱게두 생겼네. 여기 앉아요. 커피 줄까, 유자차 줄까?

유자차요.

정목은 달디단 유자차를 마시며 살짝 미간을 찡그렸다. 그러다 사장의 물음에는 바로 창구 고객을 대할 때와 같은 미소를 지었다.

어머니아버지는 같이 안 오시고.

아, 두 분이 워낙 바쁘셔서요. 그리고 이제 이런 일은, 제가 혼자 알아서 해보고 싶어 가지고.

아무리 그래도 집 구하는 건데, 이런 건 어른이 같이 있어야 되지 않나.

괜찮아요. 대신 사장님이 잘 좀 봐주세요. 딸에 집 봐준다 생각해주시고, 그럼 안 될까요?

아유, 그럼. 나는 누가 와도 다 내 자식 같이 봐주지.

채비하고 나선 사장을 따라, 정목은 동네 곳곳을 쏘다녔다. 언덕길 위의 옥탑방부터 오래된 맨션의 반지하까지, 위치도 넓이도 갖춰진 모양새도 다양했다. 사람들이 그렇게 각기 다른 곳에서 살고 있는 탓에 그렇게도 다른 걸까 싶은 생각이 들었다. 꼭 사는 곳에 따라서 그 집에 맞춰진 모양으로 살아가는 걸지도 모르겠단 생각도. 사장도 그런 비슷한 얘기를 했다. 처음 구하는 집이니까, 좋은 곳을 골라야 돼. 사장은 점점 말을 놓고 정목을 편하게 대하고 있었다. 여긴 수압이 좀 별론데, 대신 볕이 잘 들어. 이만한 데가 또 없지. 옥탑이래도 웬만한 건 다 있잖아. 이런 집 흔치 않아. 정목은 유순하게 웃으며 사장의 말을 다 받아들이면서 가는 곳마다 꼼꼼하게 살펴보았다. 정목이 보기에는 사장이 좋다고 하는 곳은 부족한 게 하나둘씩 꼭 보였고 사장이 심드렁해하는 곳은 제 맘에 쏙 들어서, 고르기가 어려웠다.

정말 여기 살아도 괜찮겠어?

네, 여기가 저한텐 딱인 것 같아요.

정목이 고른 곳은 복덕방 근처 오래된 상가의 반지하였다.

사장은 더 좋은 곳도 있다며 다른 곳을 추천했지만 정목은 지갑 사정을 생각해서 어쩔 수 없다며 웃어 보였다. 다음에 더 좋은 데로 가죠 뭐. 그때도 잘 봐주실 거죠? 정목의 삼삼하고 친근한 말씨에 사장도 넉살 좋은 반응으로 갈무리했다.

며칠 후, 무사히 계약을 하고서야 정목은 마음을 한 움큼 놓을 수 있었다. 정목은 토요일, 평일과 별반 다르지 않은 아침에 짐을 챙겼다. 처음 이사를 할 때 짐을 싸던 기억이 났다. 얼마 안 되는 짐을 싸면서 왜 그리도 마음은 초조하고 분주하던지. 그럴 수만 있다면, 그 방을 통째로 옮겨서 가져오고 싶었지만 그럴 수 없다는 게 슬펐다. 하지만 이제는 그런 슬픔도 남아있지 않은 듯, 마음이 가볍기만 했다. 정목은 옷가지와 책 몇 권뿐인 제 짐을 보면서 한숨을 쉬었다. 이런 반 푼짜리 이사가 다 있나 하고. 인형과 편지함, 교과서, 필기구 같은 것들은 가져가지 않기로 했다. 어차피 다신 들춰보지 않을 것들이었다.

가방을 메고 방을 막 나서는데, 서란과 마주쳤다. 정목은 아차 싶었다.
　오늘 학교 안 갔어?
　응. 놀토잖아.
　…….
　정목은 태연한 척 물 한 컵을 마시고는 서란을 지나쳐 현관으로 갔다.
　언니. 어디 가?
　서란의 물음엔 많은 것이 담겨 있는 듯 들렸다. 그런 울림은, 저를 괜찮지 않게 만들었다. 정목은 전부 모른 척하고 싶었다. 이 집에 두고 가는 것들도, 사람도, 기억도. 그래야만 가볍게 뒤로할 수 있을 터였다. 비록 제 앞엔 무엇이 있는지, 저는 무엇이 될지, 아무것도 알 수가 없지만 그것 하나만은 분명하니까. 떠난다는 것. 떠나야만 한다는 것.
　잘 있어.
　그 한마디만 남기고, 정목은 그곳을 떠났다. 미련도, 메아리도 없이.
　짐 때문에 어쩔 수 없이 택시를 타야 했다. 택시 기사는 유독 말이 많아선 별의별 것을 다 꼬치꼬치 물어보았다. 독립하는 것이냐, 어머니나 아버지는 얻다 두고 젊은 처자가 혼자 살라 그러냐, 어디서 무슨 일을 하느냐 등. 정목은 대충 짧게 대꾸하면서, 빠르게 올라가는 숫자를 보며 불안함을 감추지 못했다. 처음 혼자 타보는 택시는 계기판의 말처럼 제 심장박동을 빠르게 키웠다. 몸이 편하려면 돈을 치러야 한다는 것이 실감이 났다. 그것은 집에 도착하고 짐을 내려놓으면서도 진득한 냄새로 실체를 드리웠다.

집은, 이제 제가 집이라 일러야 할 곳은, 집이라 부르기엔 민망할 정도로 좁고 추레했다. 하지만 제게 무엇보다 더 큰 안도감을 느끼게 해주었다. 화장실인지 어디선지 모르게 나는 꿉꿉한 냄새도, 황토색 장롱 뒤의 몰래 피어난 곰팡이도, 뜨거운 물이 나오려면 한참을 틀어 놓아야 하는 수도도, 부옇게 먼지가 낀 좁은 창문도, 다 좋게만 느껴졌다. 비로소 제가 제 힘으로 얻어낸 것이란 느낌이 들었다. 그 느낌이 이토록 선명한 입체감으로 구체화된 적은 없었다. 정목은 조그맣고 둔탁한 텔레비전을 틀어놓고, 웃기지도 않은 방송을 보면서 실없이 웃음을 흘렸다. 원 없이 소리를 낼 수 있다는 게 좋았다. 제가 무얼 하든 아무도 눈치를 주지 않는다는 것도 좋았다. 대 자로 팔다리를 뻗고 누웠다가, 데굴데굴 굴렀다가, 몸을 콩벌레처럼 말았다가 하면서도 거리낄 것이 없는 게 좋았다. 그렇게 좋을 수가 없었다.

그런데 울음이 나왔다. 비로소 혼자가 되었다는 것이 기쁘면서도 슬퍼서 견딜 수가 없었다. 그럼에도 견뎌야만 한다는 걸 알기에, 소리 내어 터져 나오려는 울음을 삼키려 애썼다. 그나마 위안이 되는 건, 지나는 발걸음이나 바퀴들 사이로 부서져 내려오는 햇살이었다. 그리고 무수한 소음들. 텅 빈 듯 적막뿐인 공간을 불청객처럼 들어와 채워주는 소음과 정감들.

서랍을 다시 본 건 삼 년만이었다.

아닌가, 사 년이 지났나. 정목은 헷갈렸다. 제가 몇 살인지도 한참을 생각하고 계산해야 알 수 있었다. 창구 업무는 기가 막히게 빠른 속도로 해치우는 데 능사가 되었으면서.

혹시나 하고 혼자서 두려워했지만, 누구도 찾아오는 일이 없었다. 몇 번의 연락 후 끊어진 것은 가족이라는 연뿐만 아니라 최소한의 도리이자 선이었다. 처음엔 불만과 불안이 가득했지만 날이 갈수록 그것도 연기처럼 옅어지고 흐릿해져만 갔다. 그게 다 당연한 일처럼 느껴졌다. 그래서 아쉽지가 않았다. 어쩌면 정희는, 성옥은, 방에 두고 온 제 것들을 짐짝처럼 들고선 밖에 내버렸을지도 몰랐다. 그렇게 내버림과 함께 저라는 존재 또한 떨쳐 버렸을지도 모른다는 생각도 들었다. 하지만 억울하리만치 분명한 것은, 자신은 그들을 내버릴 수가 없다는 사실이었다. 아무리 버리고 버려도 계속해서 남는 것이 그들의 존재이고 존재의 이유 같았다.

어떤 일로 오셨어요?

정목은 태연한 얼굴로 서란을 대했다.

일 몇 시에 끝나.

서란은 거리낌 없이 그렇게 물었다.

저희 은행은 오후 여섯 시까지 업무 보실 수 있으세요. 더 필요한 것 있으실까요?

…….

오랜만에 본 서란은 얼굴이 둥그스름하고 살집이 있었다. 그제야 서란이 정희를 많이 닮았구나 싶었다. 정희를 닮았다는 건 성옥을 닮았다는 것이기도 했다. 정목은 진작에 그들의 줄기가, 뿌리가, 제가 아닌 서란에게로 향해 있었구나 하는 생각에 조금 쓸쓸하기도 했다. 그러기를 바란 적도 없었는데, 괜히 드는 상실감에 속이 다소 쓰리기도 했다.

기다릴게. 그런 말도 없이 서란은 창구를 떠나 아무 자리에나 앉았다.

정목은 한숨을 쉬곤 68번 고객님, 하고 불렀다. 아직 세 시인데, 수요일인데, 벌써 목이 아팠다. 창 너머로 들어온 햇살이 눈을 찔렀다. 정목은 고객을 맞이하면서 눈을 한껏 찡그려 웃었다.

정리를 하고 나오니 여섯 시 반이었다. 서란은 그 앞의 트럭에서 붕어빵을 사 먹고 있었다. 기다림에 지쳤는지 허옇게 뜬 얼굴이, 저를 보자마자 자못 색이 다른 미소를 띠었다. 그런 표정을 서란에게서 처음 보았다. 얼떨떨한 채로, 정목은 제게 다가온 서란이 붕어빵을 먹겠냐고 봉지를 내밀자 말없이 하나를 집어 먹었다.

맛있지?

응.

정목은 횡단보도 앞에 섰다. 정목과 나란히 선 서란은 유난히 정목을 빤히 바라보고 있었다.

왜 그렇게 봐.

집이 어느 쪽이야?

가면 알아.

…….

너 혹시…… 집 나왔어?

그제야 서란은 할 말이 없다는 양 표정을 굳혔다. 정목은 유들유들했던 서란의 표정이 제가 짓는 것과 같은 미소였다는 걸 느꼈다. 그러자 서란의 지금이 궁금해졌다.

집으로 걸어가는 길은 십오 분 정도 거리였다. 지나는 길엔 시장 입구와 여러 상가가 있고, 장을 보거나 일을 마치고 집에 가는 사람들이 내뿜는 냄새들이 가득했다. 정목은 청과상에 들러 귤 한 봉지를 사고, 슈퍼에선 계란 한 판을 샀다. 그리고 계란을 서란에게 들고 가게 했다.

그동안 뭐 하고 지냈어.

서란은 흐음, 하고는 마른 목을 가다듬고 말했다.

휴학하고, 알바 하고 있어.

알바?

롯데리아에서. 참, 가방에 불고기버거 있는데, 이따 먹을래?

너나 먹어. 학교는, 어디로 다녀.

그냥, 집 근처. 집이 여기야?

응.

서란은 별로 제 얘길 하고 싶지 않은 모양이었다. 정목은 그러려니 하고는 서란이 제 뒤를 따라오게 내버려두곤 으슥하게 그늘이 지는 계단을 내려갔다. 땅 밑으로 모여들기라도 하는지 공기가 유난히 찼다. 서란은 기침을 크게 하고는 코를 훌쩍였다. 정목은 주머니에서 열쇠를 찾느라 머뭇거리다가, 문을 열고 들어갔다.

와, 집 좋다.

뻔히 할 법한 말인 걸 아는데도 듣고선 웃음이 났다.

정목은 제가 아무 격의 없이 서란을 대하고 있다는 데 놀라워하면서도, 그게 싫지 않아서 그 기조를 유지하고 있었다. 서란에게 계란 판을 넘겨받고는 냉장고를 열어 플라스틱 통을 꺼내고, 계란을 하나하나 옮겨 담았다. 그게 무슨 신성한 작업인 듯 천천히 조심스럽게 하는 모양을, 서란이 물끄러미 보는 눈길을 느끼면서 하고 있었다. 그러곤 귤 봉지를 키 낮은 탁상에 올려놓고 서란에게 옷걸이를 눈으로 가리켰다.

저기다 옷 걸어놔.

응.

서란은 말 잘 듣는 어릴 때로 돌아간 듯 유순한 아이가 되어 있었다. 정목은 그런 서란을 보며, 제가 퍽 오랫동안 그를 잊고 살고 있었다는 데에 새삼스럽게 당황스러움을 느꼈다. 서란의 말씨와 움직임을 느끼면서 정목은 서란이 마치 학교에서 오다가다 마주치며 알던 사이 정도로 느껴지는 것조차 신기했다. 세 살 어린 조카나 동생이 아니라 오랜만에 본 동창 같았다. 그만큼 서란이 어리게 느껴지지 않기도 했고, 저와 닮아 보이기도 했다.

배고프지 않아?

서란이 작게 웃었다.

왜.

그건 내가 만날 하던 소린데.

그랬지. 정목은 머쓱하게 웃었다.

정목은 배달 책자를 대충 몇 장 넘겨보고는 서란에게 고르라고 했다. 서란은 그 책자를 무슨 교과서마냥 정독을 하더니 짜장면을 먹고 싶다고 했다. 정목은 중국집에 전화를 걸어 짜장 하나와 짬뽕 하나, 그리고 탕수육 소짜를 주문했다. 기다리는 동안엔 텔레비전을 틀어놓고 귤을 까먹었다. 순식간에 한 봉지를 다 먹고선 침묵 속에 고여 있는데, 듣기 좋게 초인종이 울렸다. 정목은 왠지 모르게 안도하며 배달부에게 카드를 건넸다. 서란은 쭈그려 앉아선 짜장면과 짬뽕 그릇을 옮겼다.

배를 채우고 나니 더욱 할 말이 없어졌다. 정목은 무심한 얼굴로 리모콘을 들고 채널을 이리저리 돌렸다. 하나 같이 쓸데없고 재미도 없어 보였다. 차라리 쇼핑몰을 보는 게 나았다. 비록 살 맘은 들지 않지만, 하나 같이 티 없이 맑고 밝은 얼굴의 사람들이 저를 환대하고 기대하고 있는 모습을 보는 게 좋았다. 어릴 때 즐겨 보던 시트콤을 보는 것 같았다.

  정목은 클렌징 크림으로 얼굴을 문질러 화장을 지웠다. 그러다 저를 빤히 쳐다보는 서란과 눈이 마주쳤다. 왜, 하고 물으니 서란이 오른쪽 눈썹을 가리키며 말했다. 나랑 똑같은 데 점이 있네. 서란은 눈썹께뿐만 아니라 다른 데 있는 점도 위치가 비슷하다고, 그걸 재밌는 이야기처럼 말했다. 정목은 별 걸 신기해한다고 생각하고는 중얼거렸다. 그야 너랑 난 핏줄이잖아. 그러니까 점 많은 것도 닮은 거지. 하필이면. 서란은 나비다리를 하고 앉으며 말했다. 언니 화장 지우니까 꼭 날 보는 것 같다. 정목은 대꾸 없이 욕실로 가 세수를 했다. 그러는 동안 채널은 옛날 드라마 재방송으로 바뀌어 있었다. 정목은 흥미가 없어 연락도 없는 휴대폰을 만지작거렸다.

  졸음이 밀려와서 벽에 기댄 채로 졸았다. 그러다 깨어 보니 한밤중이 되어 있었다.

  깼어?

  서란은 냉동고에서 투게더를 꺼내고 있었다. 저런 게 있었나. 하도 오래 처박아둔 게 많아서 기억이 안 났다. 먹다 남은 반찬도, 다 쉬어버린 김치도 있을 터였다. 정목은 서란이 큰 숟갈로 아이스크림을 열심히 퍼먹으면서 텔레비전 화면에 집중하고 있는 모습을 물끄러미 바라보았다. 뭐가 그렇게 재밌는지, 한시도 눈을 떼지 않고 보면서 간간이 웃음 짓는 얼굴이 어릴 때와 다름없어 보였다. 그럼에도 달라진 게 있다면,

뭘까. 너무도 많은 게 달라져서 오히려 하나도 달라진 게 없는 듯한 느낌이 들었다. 서란을 보면서 느꼈던 많은 것들이 하나도 떠오르지 않는 게 부질없이 신기하기도 했다.

정목은 그대로 바닥에 누워선 벽에 다리를 뻗었다.

또 얼마만큼 자고 났더니, 창밖엔 살금살금 오가는 발걸음과 가로등만이 길을 밝히고 있는 것이 보였다. 새벽 즈음인가. 정목은 어느새 제 옆에 누워 있는 서란을 느끼곤 저도 모르게 한숨을 쉬었다. 조용히 일어나니 서란이 어딜 가느냐고 물었다. 정목은 주머니 속의 담뱃갑을 살짝 보여주곤 집을 나섰다.

주홍색 가로등 불빛 아래, 정목은 심상한 낯으로 담배를 피우며 생각했다. 서란에게 왜 집을 나온 거냐고, 왜 자신을 찾아온 거냐고 물어야 할지를.

잠이 안 오네.

하지만 여전히 텔레비전을 보고 있는 서란을 보면서는, 아무런 말도 나오지가 않았다

뭐 재밌는 거 해?

아니.

정목은 뻐근한 목덜미를 손으로 문지르고는 물었다.

내일… 갈 거야?

서란은 입을 다문 채로 있었다. 서란의 둥그렇고도 굵은 윤곽이 남아있는 얼굴에 많은 빛깔이 비치는 게 보였다. 개중엔 달그림자처럼 언뜻언뜻 어떤 모양이 나타나는 것도 있는 듯했다. 정목은 돌연 많은 것을 지나왔구나 하는 것을 느꼈다. 서란이 이렇게 자라나는 동안, 제가 익숙하게 알고 지내던 모든 걸 떠나있는 동안. 변하고도, 변하지 않는 것들 속에서. 그

렇게 무심한 낮에 무수하게 비치고 지나치는 많은 빛깔들처럼.

언닌, 제일 오래된 기억이 뭐야?

서란의 물음에 정목은 얼마간 망설였다.

오랫동안 하지 않았던 이야기가 있었다. 차마 할 수 없던 것이기도 했다. 그 이야기가 다른 상실과 존재감과 얽혀있지 않았다면, 누구에게든 시답잖게 할 수 있었을지도 모르지만, 결국엔 혼자만이 삼키고 삼켜야만 하는 것이 되었던.

넌, 뭐였는데.

서란은 실없이 웃으며 대답했다.

음, 나는…… 언니가 나한테 라면 끓여줬던 거. 언니는 꼭 계란을 후라이로 해서 넣어줬잖아.

내가?

응. 그래서 난 다른 집도 라면에 계란 후라이를 넣는 줄 알았어. 나중에 보니깐 그게 아니더만. 나 그것 땜에 놀림 받은 적도 있었어.

…….

정목은 그때를 떠올리다가, 스스로 그만두었다.

난……

하지만 그 이야기만은 어쩐지 절로 흘러나오고 말았다.

내가 태어날 때.

서란은 웃지 않았지만, 왠지 웃는 얼굴로 대꾸했다.

거짓말.

진짠데.

정목은 그렇게 말하면서도 정말인지 아닌지 알 수 없었다. 언제부터 자신은 그 기억을 믿었는지, 사실 그 기억은 누군가 제게 심어준 건 아닌지, 한 번도 의심하지 않고 믿었다고 생각했지만…… 사실은 늘 의심하고 있었다는 걸 알고 있었다. 그 이야기뿐 아니라, 제게 주어지고 보여지던 모든 것들.

그때…… 죽었어야 했는데.

저도 모르게 그렇게 한숨 짓듯 털어놓다가,

끝내 울고 말았다.

왜, 그랬을까. 왜 목 놓아 울어버렸을까. 그것도 제일 그런 모습을 보여주고 싶지 않던 서란의 앞에서. 하나도 의지가 되지도, 안심이 되지도 않던 그 곁에서. 왜 그토록 버거운 감정들을 쏟아내고 말았는지, 이후로도 정목은 몇 번이고 생각해 보았지만 알 수 없었다.

언니이.

서란은 팔을 뻗어 정목을 껴안았다.

언니, 왜 울어.

그러면서도 울지 말라고 하지 않는 서란이, 차라리 고마웠다. 그저 걷잡을 수 없이 흘러나올 뿐인, 더는 이어지지 않는 이야기를 대신해 흠뻑 젖어 든 채로 나오고 있는 소리를, 그 성가시고 원초적인 소리를, 가만히 듣고만 있는 서란이 고마웠다. 나도 그런 생각을 해본 적 있다고. 언니만 그런 게 아니라고. 우리는 다 그런 생각을 한 번씩은, 혹은 쉬지 않고, 하고 산다고. 그렇게 말하지 않아서 고마웠다. 그와 동시에 다시금 차오르는 것은 제가 외면하고 있던 죄스러움이었다. 하지만 그건 서란이 알 필요가 없어서, 알아선 안 되어서, 정목은 다른 소리가 삐져나오려는 것을 안간힘을 다해 참았다.

대신 들리는 건 제 울음소리가 아니라 서란의 다독임이었다.

언니, 늘 미안했어.

그리고 고마웠어.

하는 소심하고 안타까운 얘기들.

정목은 그제야 마음을 놓을 수가 있었지만, 그 모든 게 저를 위한 것이라고는 생각하지 않았다. 다행이라고도 느끼지 않았다. 그저 제게 흘러온 것처럼 느껴졌다. 아무런 까닭 없이. 특별한 기제 없이. 살금살금 하는 기척도 없이. 그렇게 흘러왔듯이, 그렇게 떠나갈 터였다.

작가의 말

언제부터 글을 쓰기 시작했는지는 기억이 나지 않는다. 하지만 나는 기억이 있을 때부터 늘 무언가를 그리거나 꿈꾸며 만들기를 해왔다. 그 모든 경험과 소양이 지금의 나의 글쓰기와 삶을 만들어온 듯하다. 그래서 이제껏 잘 살아왔다는 생각이 든다. 한때는 내 삶을 버리고 싶었지만 지금은 조금도 그렇지 않다. 글쓰기가 나를 살렸고, 내 세계를 이룩해주었다.

나는 무언가를 간절히 바라면 그에 가까워진다는 말을 믿는다. 설령 그 무언가를 완벽히 이룰 수 없더라도. 나는 무엇이든 되어있을 것이다. 지금과는 달라져있을 것이다.

어릴 적부터 나의 글이 담긴 책을 만드는 것이 꿈이었다. 하지만 꿈을 이루는 데는 현실이 필요한 법이었고, 책 한 권을 만드는 데 이토록 노력과 시간이 드는 줄은 몰랐다. 그렇기에 더욱 감사한 이들이 생각나고 또한 나의 공들인 결과물이 소중하게 느껴지는 모양이다.

먼저, 감사한 이들을 떠올려본다. 내 부족한 글이 한 권의 책으로 만들어져 세상에 나올 수 있도록 물심양면으로 도와주신 새벽감성 김지선 대표님께 감사를 드린다. 그리고 나의 친구들. 엘에프, 여인숙, 집단적독백, 그리고 자기만의 방에서 만난 친구들에게 모두 고맙다는 말을 전하고 싶다. 친구들이 없었다면 나는 삶의 희망과 행복을 몰랐을 것이다. 얼마든지 좌절하고 무너져도 다시 세상으로 나오면 된다고, 기다려주고 용기를 북돋아준 친구들에게 너무나 고마운 마음뿐이다. 또한 가족들에게도, 늘 고맙다. 이곳에 고마운 마음을 일일이 다 쓰지 못하지만, 대신 일상에서 그 마음의 빚을 성실히 갚으며 살도록 하겠다고 약속한다. 그리고 나의 동생 현정이. 내 삶에 작은 문을 열고 들어온 귀한 존재인 너에게, 나와 일상을 함께해주어 고맙다는 말을 전하고 싶다.

마지막으로, 지금 이 글을 읽고 있는 당신께. 무한한 사랑과 감사를 드리고 싶다. 부디 일상의 평온과 현재에 충실할 수 있는 생기가 당신의 삶에 가득하기를, 진심으로 바라며.

호시절 好時節

1판 1쇄 발행 | 2023년 11월 15일

지은이 | 박하
표지 사진 | @h.relax__
편집.디자인 | 새벽감성

이메일 | stargazer_tk@naver.com
인스타그램 | @_f____write_r___

*책값은 표지에 있습니다.
*잘못된 책은 구입처에서 교환해드립니다.
*이 책의 사진과 글의 전부 또는 일부를 발췌하거나 인용하려면
반드시 저자의 동의를 얻어야 합니다.